畢璞全集・散文・六

心靈漫步

【推薦序一】
老樹春深更著花

封德屏

一九八六年四月，畢璞應《文訊》雜誌「筆墨生涯」專欄邀稿，發表〈三種境界〉一文，她在文末寫道：

這種職業很適合我這類沉默、內向、不善逢迎、不擅交際的書呆子型人物，我很高興我當年選擇了它。我既沒有後悔自己走上寫作這條路，又說過它是一種永遠不必退休的行業；那麼，看樣子，我是注定了此生還是要與筆墨為伍了。

畢璞自知甚深，更有定力付之行動，近三十年來她持續創作，陸續出版了數本散文、小說、自選集；三年前，為了迎接將臨的「九十大壽」，她整理近年發表的文章，出版了散文集

《老來可喜》。年過九十後，創作速度放緩，但不曾停筆。二〇〇九年元月《文訊》創辦的「銀光副刊」，至今刊登畢璞十二篇文章，上個月（二〇一四年十一月），她在「銀光副刊」發表了短篇小說〈生日快樂〉，此外，也仍偶有文章發表於《中華日報》副刊。畢璞用堅毅無悔的態度和纍纍的創作成果，結下她一生和筆墨的不解之緣。

一九四三年畢璞就發表了第一篇作品，五〇年代持續創作，創作出版的高峰集中在六〇、七〇年代。一九六八年到一九七九年是她作品的豐收期，這段時間有時一年出版三、四本，甚至五本。早些年，她是編寫雙棲的女作家，曾主編《大華晚報》家庭版、《公論報》副刊、《徵信新聞報》家庭版，並擔任《婦友月刊》總編輯，八〇年代退休後，算是全心歸回到自適自在的寫作生涯。

真摯與坦誠是畢璞作品的一貫風格。散文以抒情為主，用樸實無華的筆調去謳歌自然，讚頌生命；小說題材則著重家庭倫理、婚姻愛情。中年以後作品也側重理性思考與社會現象觀察。畢璞曾自言寫作不喜譁眾取寵、不造新僻字眼，強調要「有感而發」，絕不勉強造作。

畢璞生性恬淡，除了抗戰時逃難的日子，以及一九四九年渡海來台的一段艱苦歲月外，自認大半生風平浪靜。「淡泊名利，寧靜無為」是她的人生觀，讓她看待一切都怡然自得。雖然前後在報紙雜誌社等媒體工作多年，一九五五年也參加了「中國婦女寫作協會」，可能如她自己所言「個性沉默、內向，不擅交際」，多年來很少現身文壇活動。像她這樣一心執著於創作的人和其作品，在重視個人包裝、形象塑造，充斥各種行銷手法的出版紅海中，很容易會被湮沒遺忘。

然而，這位創作廣跨小說、散文、傳記、翻譯、兒童文學各領域，筆耕不輟達七十餘年的資深作家，冷月孤星，懸長空夜幕，環視今之文壇，可說是鳳毛麟角，珍稀罕見。在人們華服高軒、闊論清議之際，九三高齡的她，老樹春深更著花，一如往昔，正俯首案頭，筆尖不斷流淌出款款深情，如涓涓流水，在源遠流長的廣域，點點滴滴灌溉著每一寸土地。

感謝秀威資訊科技股份有限公司，在文學出版業益顯艱辛的此刻，奮力完成「畢璞全集」二十七冊的巨大工程。不但讓老讀者有「喜見故人」的驚奇感動，也讓年輕一代的讀者，有機會可以在快樂賞讀中，認識畢璞及其作品全貌。我們也希望透過文學經典這樣的再現與傳承，向這位永遠堅持創作的作家，表達我們由衷的尊崇與感謝之意。

民國一〇三年十二月

（封德屏：現任文訊雜誌社社長兼總編輯、台灣文學發展基金會執行長、紀州庵文學森林館長。）

【推薦序二】

老來可喜話畢璞

吳宏一

一

上星期二（十月七日），我有事到《文訊》辦公室去。事畢，封德屏社長邀我去參觀她們蒐集珍藏的期刊。看到很多民國五、六十年前後風行文壇的文藝刊物，目前多已停刊，不勝嗟嘆。《暢流》、《自由青年》、《文星》等我投過搞、發表過創作的刊物不說，連一些當時發行不廣的小刊物，她們也多有蒐集。其用心之專、致力之勤，實在不能不令人讚嘆。於是我向她提起我高中以迄大學時期文學起步的一些往事，中間提到若干文藝刊物和若干文壇前輩對我的鼓勵和影響。其中特別提到我大學一年級，民國五十年的秋天，剛進入台大中文系讀書時所認識的一些前輩先進。像當時住在濟南路的紀弦，住在廈門街的余光中，住在南昌街菸酒公賣局宿舍的羅悟緣，住在安東市場旁的羅門、蓉子……我都曾經一一去走訪，謝謝他們採用或推薦過我的作品。過程歷歷在目，至今仍記憶猶新。比較特別的是，去新生南路夜訪覃子豪時，還遇見過魏子雲；去峨嵋街救國團舊址見程抱南、鄧禹平時，還順道去《公論報》採訪副刊主編畢璞……。

一提到畢璞，德屏立即接了話，說「畢璞全集」目前正編印中，問我願不願意為她「全集」寫個序言。我答：寫序不敢，但對我文學起步時曾經鼓勵或提攜過我的前輩，我非常樂意寫紀念性的文字。不過，我也同時表示，我與畢璞五十多年來，畢竟才見過兩三次面，她的作品我讀得並不多，要寫也得再讀讀她的生平著作，而且也要她還記得我，對往事有些共同的記憶才好。所以我建議，請德屏代問畢璞兩件事：一是她記不記得在我大一下學期（民國五十一年春），她和另一位女作家到台大校園參觀之事；二是她在主編《婦友》月刊期間，記不記得曾經約我寫過詩歌專欄。

德屏說好。第二日早上十點左右，畢璞來了電話，客氣寒暄之後，告訴我：她記得她和鍾麗珠早年曾到台大校園和我見過面，但對於《婦友》約我寫專欄之事，則毫無印象。她知道我沒有讀過她的作品集，說要寄兩三本來，又知道我怕她年老行動不便，改口說，要不然，幾天內如果我能抽空，就煩請德屏陪我去內湖看她，由她當面交給我，同時可以敘敘舊、聊聊天。

我當然贊成。我已退休，時間容易調配，只不知德屏事務繁忙，能不能抽出空暇。想不到與德屏聯絡後，當天下午，就由《文訊》編輯吳穎萍小姐聯絡好，約定十月十日下午三點一起去見畢璞。

二

十月十日國慶節，下午三點不到，我就如約搭文湖線捷運到葫洲站一號出口等。不久，德屏與穎萍來了。德屏領先，走幾分鐘路，到康寧老人安養中心去見畢璞。途中德屏說，畢璞雖然年逾九旬，行動有些不便，但能以歡樂的心情迎接老年，不與兒孫合住公寓，怕給家人帶來不便，所以獨居於此，雇請菲傭照顧，生活非常安適。我聽了，心裡也開始安適起來，覺得她是一個慈藹安詳而有智慧的長者。

見面之後，我更覺安適了。記得我第一次見到畢璞，是民國五十年的秋冬之際，在西門町附近康定路的一棟木造宿舍裡，居室比較狹窄；畢璞當時雖然親切招待，但總顯得態度拘謹。相隔五十三年，畢璞現在看起來，腰背有點彎駝，耳目有些不濟，但行動尚稱自如，面容聲音卻似乎數十年如一日，沒有什麼明顯的變化。如果要說有變化，那就是變得更樸實自然，沒有絲毫的窘迫拘謹之感。

由於德屏的善於營造氣氛、穿針引線，由於穎萍的沉默嫻靜，只做一個忠實的旁聽者，那天下午，我和畢璞有說有笑，談了不少往事，讓我恍如回到五十三年前的青春年代。那時候，我才十八歲，剛考上台大中文系，剛到陌生而充滿新鮮感的臺北，常投稿報刊雜誌，常拜訪前輩作家。有一天，我到西門町峨嵋街救國團去領新詩比賽得獎的獎金，順道去附近的《聯合報》和《公論報》社。我到《公論報》社問起副刊主編畢璞，說明我常有作品發表，就有人給了我她家的住址。距離報社不遠，在成都路、西門國小附近。那時候我年輕不懂事，大家也少用電話，所以就直接登門造訪了。見面時談話不多，記憶中，畢璞說過她先生也在《公論報》上班，她如何編副刊，還有她兒子正讀師大附中，希望將來也能考上台大等。辭別時，畢璞說了一句，聽說台大校園春天杜鵑花開得很盛很好看。我謹記這句話，所以第二年的春天，投稿信中附帶留言，歡迎她跟朋友來台大校園玩。就因為這樣，畢璞和鍾麗珠在民國五十一年的春季，相偕來參觀台大校園。

確切的日期記不得了。畢璞說連哪一年她都不能確定。我翻開我隨身帶來送她的光啟版散文集《微波集》，指著一篇〈鄉愁〉後面標明的出處，民國五十一年四月二十七日發表於《公論副刊》。經此指認，畢璞稱讚我的記性和細心，而且她竟然也記起了當天逛傅園後，我請她們到福利社吃牛奶雪糕的往事。

很多人都說我記憶力強，但其實也常有模糊或疏忽之處。例如那一天下午談話當中，我提起雨中路過杭州南路巧遇《自由青年》主編呂天行，以及多年後我在西門町日新歌廳前再遇見他，聽他告訴我「驚天大祕密」的時候，確實的街道名稱，我就說得不清不楚，更糟糕的是，畢璞再次提起她主編《婦友》月刊的期間，真不記得邀我寫過專欄。一時間，我真無辭以對。當事人都這麼說了，我該怎麼解釋才好呢？好在我們在談話間，曾提及王璞、呼嘯等人，似乎又給了我重拾記憶的契機。

　　我私下告訴德屏，《婦友》確實有我寫過的詩歌專欄，雖然事忙只寫了幾期，但這些文章後來都曾收入我的《先秦文學導讀‧詩辭歌賦》和《從詩歌史的觀點選讀古詩》等書中，白紙黑字，騙不了人的。會不會畢璞記錯，或如她所言不在她主編的期間別人約的稿呢？

　　那天晚上回家後，我開始查檢我舊書堆中的期刊，找不到《婦友》，卻找到了王璞主編的《新文藝》和呼嘯主編的《青年日報》副刊剪報。他們都曾約我寫過詩詞欣賞專欄，印象中有一個與《婦友》大約同時。尋檢結果，查出連載的時間，《新文藝》是民國七十一年，《青年日報》則是民國七十七年。到了十月十二日，再比對資料，我已經可以推定《婦友》刊登我詩歌專欄的時間，應該是在民國七十七年七、八月間。

　　十月十三日星期一中午，我打電話到《文訊》找德屏，她出差不在。我轉請秀卿代查，傍晚她回覆，已在《婦友》民國七十七年七月至十一月號，找到我所寫的〈古歌謠選講〉，當時的總編輯就是畢璞。事情至此告一段落。記憶中，是一次作家酒會邂逅時畢璞約我寫的。寫了幾期，因為事忙，又遇畢璞調離編務，所以專欄就停掉了。這本來就是小事一樁，無關宏旨，豁達的畢璞不會在乎這個的，只不過可以證明我也「老來可喜」，記憶尚可而已。

三

「老來可喜」，是畢璞當天送給我看的兩本書，其中一本散文集的書名，語出宋代詞人朱敦儒的〈念奴嬌〉詞。另外一本是短篇小說集，書名《有情世界》。根據書後所附的作品目錄，原來畢璞的作品集，已出三、四十本。她挑選這兩本送我看，應該有其用意吧。看《老來可喜》這本散文集，可知她的生平大概；看《有情世界》這本短篇小說集，則可知她的小說特色所在。初讀的印象，她的作品，無論是散文或小說，從來都不以技巧取勝，就像她的筆名一樣，是未經琢磨的玉石，內蘊光輝，表面卻樸實無華，然而在樸實無華之中，卻又表現出一個共同的主題。一言以蔽之，那就是「有情世界」。其中有親情、愛情、人情味以及生活中的情趣。因此，讀來特別溫馨感人，難怪我那罕讀文藝創作的妻子，也自稱是她的忠實讀者。

讀畢璞《老來可喜》這本散文集，可以從中窺見她早年生涯的若干側影，以及她自民國三十八年渡海來台以後的生活經歷。其中寫親情與友情，敘事中寓真情，雋永有味，誠摯而動人。寫懷才不遇的父親，寫遭逢離亂的家人，寫志趣相投的文友，娓娓道來，真是扣人心弦。

其中〈西門懷舊〉一篇，寫她康定路舊居的一些生活點滴，更讓我玩味再三。即使寫她身邊瑣事的小小感觸，寫愛書成癡，愛樂成癡，寫愛花愛樹，看山看天，也都能使我們讀者體會到「生命中偶得的美」，享受到「小小改變，大大歡樂」。「生命中偶得的美」和「小小改變，大大歡樂」，正是她文集中的篇名。我們還可以發現，身經離亂的畢璞，涉及對日抗戰、國共內戰的部分，著墨不多，多的是「此身雖在堪驚」，「老來可喜，是歷遍人間，諳知物外」。這也正是畢璞同一時代大多婦女作家的共同特色。

讀《有情世界》這本小說集，則可發現：畢璞散文中寫得比較少的愛情題材，都寫進小說裡了。畢璞說過，小說是她的最愛，因為可以滿足她的想像力。讀完這十六篇短篇小說，我們確實可以發現，她的小說採用寫實的手法，勾勒一些時代背景之外，重在探討人性，敘寫一些有情有義的故事。特別是愛情與親情之間的矛盾、衝突與和諧。小說中的人物和故事，有真有假，「真」的往往是根據她親身的經歷，「假」的是虛構，是運用想像，無中生有塑造出來的。她把它們揉合在一起，而且讓自己脫離現實世界，置身其中，成為小說中人。

因此，我讀畢璞的短篇小說，覺得有的近乎散文。尤其她寫的書中人物，大都是我們城鎮小市民日常身邊所見的男女老少，故事題材也大都是我們城鎮小市民幾十年來所共同面對的移民、出國、旅遊、探親等話題。或許可以這樣說，較之同時渡海來台的作家，畢璞寫的小說，罕有激情奇遇，缺少波瀾壯闊的場景，也沒有異乎尋常的角色，既沒有朱西甯、司馬中原筆下的鄉野氣息，也沒有白先勇筆下的沒落貴族，一切平平淡淡的，可是就在平淡之中，卻能給人親近溫馨之感。表面上看，她似乎不講求寫作技巧，但仔細觀察，她其實是寓絢爛於平淡。像〈生命共同體〉一篇，寫范士丹夫婦這對青梅竹馬的患難夫妻，到了老年還為要不要移民美國而引起衝突，高潮迭起，正不知作者要如何收場，這時卻見作者藉描寫范士丹的一些心理活動，利用廚房下麵一個小情節，就使小說有個圓滿的結局，而留有餘味。〈春夢無痕〉一篇，寫梅湘退休後，到香港旅遊，在半島酒店前香港文化中心，竟然遇見四十多年前四川求學時代的舊情人冠倫。四十多年來，由於人事變遷，兩岸隔絕，二人各自男婚女嫁，都已另組家庭，正不知作者要如何安排後來的情節發展，這時卻見作者利用梅湘的一段心理描寫，也就使小說有個出人意外而又合乎自然的結尾，不會予人突兀之感。這些例子，說明了作者並非不講表現藝術，只是她運用寫作技巧時，合乎自然，不見鑿痕而已。所以她的平淡自然，不只是平淡自然，而是別有繫人心處。

四

畢璞同時的新文藝作家，有三種人給我的印象特別深刻。一是軍中作家，以寫新詩和小說為主，強調創新和現代感；二是婦女作家，以寫散文為主，多藉身邊瑣事寫人間溫情；三是鄉土作家，以寫小說和遊記為主，反映鄉土意識與家國情懷。這是二十世紀五、六十年代前後臺灣新文藝發展史上的一大特色。這三類作家的風格，或宏壯，或優美，雖然成就不同，但套用王國維的話說，都自成高格，自有名句，境界雖有大小，卻不以是分優劣。因此有人嘲笑婦女作家多只能寫身邊瑣事和生活點滴，那是學文學的人不該有的外行話。

畢璞當然是所謂婦女作家，她寫的散文、小說，攏總說來，也果然多寫身邊瑣事，或者說，多藉身邊瑣事寫溫暖人間和有情世界。但她的眼中充滿愛，她的心中沒有恨，所以她的筆端流露出來的，每一篇作品都像春暉薰風，令人陶然欲醉；情感是真摯的，思想是健康的，真的適合所有不同階層的讀者。

一般而言，人老了，容易趨於保守，失之孤僻，可是畢璞到了老年，卻更開朗隨和，更為豁達，就像玉石，愈磨愈亮，愈有光輝。她特別欣賞宋代詞人朱敦儒的「老來可喜」那首〈念奴嬌〉詞。她很少全引，現在補錄如下：

老來可喜，是歷遍人間，諳知物外。
看透虛空，將恨海愁山，一時挼碎。
免被花迷，不為酒困，到處惺惺地。
飽來覓睡，睡起逢場作戲。

休說古往今來，乃翁心裡，沒許多般事。
也不蘄仙不佞佛，不學栖栖孔子。
懶共賢爭，從教他笑，如此只如此。
雜劇打了，戲衫脫與獃底。

朱敦儒由北宋入南宋，身經變亂，歷盡滄桑，到了晚年，勘破世態人情，不但主張不學栖栖皇皇的孔子，說什麼經世濟物，而且也認為道家說的成仙不死，佛家說的輪迴無生，都是虛妄的空談，不可採信。所以他自稱「乃翁」，說你老子懶與人爭，管它什麼古今是非，說人生在世，就像扮演一齣戲一樣，各演各的角色，逢場作戲可矣，何必惺惺作態，說什麼愁呀恨呀。一旦自己的戲份演完了，戲衫也就可以脫給別的傻瓜繼續去演了。這首詞表現的人生觀，雖然豁達，卻有些消極。這與畢璞的樂觀進取，對「有情世界」處處充滿關懷，是不相契的。我想畢璞喜愛它，應該只愛前面的幾句，所以她總不會引用全文，有斷章取義的意思吧。

畢璞《老來可喜》的自序中，說西方人把老年分成三個階段：從六十五歲到七十五歲是「初老」，從七十六歲到八十五歲是「老」，八十六歲以上是「老老」；又說「初老」的十年是人生最美好的黃金時期，不必每天按時上班，兒女都已長大離家，內外都沒有負擔，沒有工作壓力，智慧已經成熟，人生已有閱歷，身體健康也還可以，不妨與老伴去遊山玩水，或抽空去學習一些新知，以趕上時代。想做什麼就做什麼，豈非神仙一般。畢璞說得真好，我與內子現在正處於「初老」的神仙階段，也同樣覺得人間有情，處處充滿溫暖，這幾天讀畢璞的書，益發覺得「老來可喜」，可喜者三：老來讀畢璞《老來可喜》，一也；不久之後，可與老伴共讀「畢璞全集」，二也；從今立志寫自己不像傳記的傳記，彷彿回到自己的青春時期，三也。

民國一〇三年十月十五日初稿

（吳宏一：學者，作家，曾任臺灣大學中文系教授、香港中文大學中文系、香港城市大學中文、翻譯及語言學系講座教授，著有詩、散文、學術論著數十種。）

【自序】長溝流月去無聲——七十年筆墨生涯回顧

畢璞

「文書來生」這句話語意含糊，我始終不太明瞭它的真義。不過這卻是七十多年前一個相命師送給我的一句話。那次是母親找了一位相命師到家裡為全家人算命。我從小就反對迷信，痛恨怪力亂神，怎會相信相士的胡言呢？當時也許我年輕不懂，但他說我「文書來生」卻是貼切極了。果然，不久之後，我就開始走上爬格子之路，與書本筆墨結了不解緣，迄今七十年，此志不渝，也還不想放棄。

從童年開始我就是個小書迷。我的愛書，首先要感謝父親，他經常買書給我，從童話、兒童讀物到舊詩詞、新文藝等，讓我很早就從文字中認識這個花花世界。父親除了買書給我，還教我讀詩詞、對對聯、猜字謎等，可說是我在文學方面的啟蒙人。小學五年級時年輕的國文老師選了很多五四時代作家的作品給我們閱讀，欣賞多了，我對文學的愛好之心頓生，我的作文成績日進，得以經常「貼堂」（按：「貼堂」為粵語，即是把學生優良的作文、圖畫、勞作等掛在教室的牆壁上供同學們觀摩，以示鼓勵）。六年級時的國文老師是一位老學究，選了很多古文做教材，使我有機會汲取到不少古人的智慧與辭藻；這兩年的薰陶，我在不知不覺中變成了文學的死忠信徒。

上了初中，可以自己去逛書店了，當然大多數時間是看白書，有時也利用僅有的一點點零用錢去買書，以滿足自己的書癮。我看新文藝的散文、小說、翻譯小說、章回小說……簡直是博覽群書，卻生吞活剝，一知半解。初一下學期，學校舉行全校各年級作文比賽，小書迷的我得到了初一組的冠軍，獎品是一本書。同學們也送給我一個新綽號「大文豪」。上面提到高小時作文「貼堂」以及初一作文比賽第一名的事，無非是證明「小時了了，大未必佳」，更彰顯自己的不才。

高三時我曾經醞釀要寫一篇長篇小說，是關於浪子回頭的故事，可惜只開了個頭，後來便因戰亂而中斷，這是我除了繳交作文作業外，首次自己創作。

第一次正式對外投稿是民國三十二年在桂林。我把我們一家從澳門輾轉逃到粵西都城的艱辛歷程寫成一文，投寄《旅行雜誌》前身的《旅行便覽》，獲得刊出，信心大增，從此奠定了我一輩子的筆耕生涯。

來台以後，一則是為了興趣，一則也是為稻粱謀，我開始了我的爬格子歲月。早期以寫小說為主。那時年輕，喜歡幻想，想像力也豐富，覺得把一些虛構的人物（其實其中也有自己和身邊的人的影子）編出一則則不同的故事是一件很有趣的事。在這股原動力的推動下，從民國四十年左右寫到八十六年，除了不曾寫過長篇外（唉！宿願未償），我出版了兩本中篇小說、十四本短篇小說、兩本兒童故事。另外，我也寫散文、雜文、傳記，還翻譯過幾本英文小說。到民國一〇一年，我總共出版過四十種單行本，其中散文只有十二本，這當然是因為散文字數少，不容易結集成書之故。至於為什麼從民國八十六年之後我就沒有再寫小說，那是自覺年齡大了，想像力漸漸缺乏，對世間一切也逐漸看淡，心如止水，失去了編故事的浪漫情懷，就洗手不幹了。至於散文，是以我筆寫我心，心有所感，形之於筆墨，抒情遣性，樂事一樁也，為什麼放棄？因而不揣譾陋，堅持至今。慚愧的是，自始至終未能寫出一篇令自己滿意的作品。

為了全集的出版，我曾經花了不少時間把這批從民國四十五年到一百年間所出版的單行本四十種約略瀏覽了一遍，超過半世紀的時光，社會的變化何其的大：先看書本的外貌，從粗陋的印刷、拙劣的封面設計、錯誤百出的排字；到近年精美的包裝、新穎的編排，簡直是天淵之別。由此也可以看得出臺灣出版業的長足進步。再看書的內容：來台早期的懷鄉、對陌生土地的神奇感、言語不通的尷尬等；中期的孩子成長問題、留學潮、出國探親；到近期的移民、空巢期、第三代出生、親友相繼凋零……在在可以看得到歷史的脈絡，也等於半部臺灣現代史了。

坐在書桌前，看看案頭成堆成疊或新或舊的自己的作品，為之百感交集，真的是「長溝流月去無聲」，怎麼倏忽之間，七十年的「文書來生」歲月就像一把把細沙從我的指間偷偷溜走了呢？

本全集能夠順利出版，我首先要感謝秀威資訊科技股份有限公司宋政坤先生的玉成。特別感謝前台大中文系教授吳宏一先生、《文訊》雜誌社長兼總編輯封德屏女士慨允作序。更期待著讀者們不吝批評指教。

民國一〇三年十二月

目次

輯二　樂韻

輯三　遊蹤

輯一　幽思

閒居物外，靜言樂幽。
繩樞增結，甕牖綢繆。
和神當春，清節為秋。
天地則爾，戶庭已悠。

——陸雲〈谷風〉

田園小唱

高樓上的琴音

從高樓上下來，衣襟猶自沾染著碧翠的山色嵐光，髮絲和面頰猶自殘留著山風清涼的觸摸；剛走到最後一道階梯時，忽然，高樓上飄下來一陣鏗鏘的鋼琴聲，像是從天外飛來的仙樂一樣，美妙的音韻在整棟大樓的每一層、每一個角落裡沖激著。我，被琴音迷惑了，癡立在樓欄畔，如同中酒。

呀！是Grieg的A小調鋼琴協奏曲的第一句，婉約而淒美，似有柔情萬種，聽了使人蕩氣迴腸。空山寂寂，高樓也寂寂，琴音在無人的樓梯和長廊間回響著，把挪威紫色的黃昏帶到陽明山上陽光耀眼的日午，把Grieg的心聲傳給了二十世紀一個東方人的心頭。

彈琴的陌生人啊！在這一剎那之間，你把人間變成了天上。

綠色池塘

那天，在車窗外面，驚鴻一瞥地出現在我眼前，頓時就使我有驚豔之感的，是你——靜靜地躺在公路旁邊的綠色小池塘。池水是澄碧的，池畔的草坪和樹木是青蔥的，遠山是黛綠的。到處是綠，綠得那樣濃，那樣深；你，使我想到碧玉、翡翠、琉璃、還有費雯麗年輕時那雙大眼睛。你，綠色的小池塘，像是盛在一隻綠玉杯中的綠色薄荷酒，我雖然只是淺淺地啜了一口，就已涼涼地醉了。

遠山

要不是那天曾在中正橋畔小立移時，我就不會體會出臺北是個盆地這個事實。那是個晴朗的早上，天空是一片藍，連半絲雲影都沒有。在我的眼前，展開了一片廣闊的視野，視野的盡頭，是屏風似的層層疊疊的遠山，近的比較低，遠的高一點；近的是藍綠色，遠的是淡藍和灰色，愈遠的顏色愈淺。這些沉默的遠山，手拉手地環抱著臺北，就像一群穿著藍灰色制服的忠心耿耿的衛士，在拱衛這個百萬人口的大都市。

遠山曾經給予我寧靜肅穆的感覺，如今，它更給我安全感。

幽人之家

多少次我從這個人家的門前經過，總是忍不住要多看那竹籬笆後小小而清幽的庭園兩眼。這是一條雖然偏僻狹窄卻很清潔的小巷。巷子裡大多是木屋，這個人家也不例外；但是，這間破舊的木屋外面卻有一個小小的花圃和花柵。一棵枝葉垂拂的柳樹使得這個小小的庭院充滿了詩意；爬滿在竹籬笆上的牽牛花和花柵上的紫藤花，使得小小的木屋美麗得像童話中的仙境；花圃嫣紅姹紫的花卉，使人懷疑春天為這人家長駐。

我真羡慕這木屋的主人，他是多麼的懂得生活的藝術和精神上的享受！我幻想他一定是個幽人雅士，也許，他正是以梅為妻，以鶴為子的林和靖信徒吧？

夜思

人的距離

近年來，我不止一次的發現自己對別人觀察的錯誤。有一些人，我總覺得他們是倨傲、自大而無禮的；所以，我對這些人也就採取敬鬼神而遠之的態度，永遠保持著一段距離。人家怎樣待我，我就怎樣待人。這是我過去的處世哲學。後來，在一些偶然的機會裡，跟那些被我一向認為倨傲自大的人有了接觸，才發覺並不是這麼一回事。「望之儼然，即之也溫」，嚴肅的外貌，過份的矜持，是會把友誼關在門外的。

有誰願意在自己與別人之間築起一道高牆，拒人於千里之外呢？那豈不是等於孤立自己、自絕於人？除了少數恃才傲物、目空一切的怪人以及心理不正常的人以外，我相信沒有人會這樣做。

粵諺中有所謂「單料銅煲」的，就是形容一個人容易與別人稔熟，一見如故。這種「單料銅煲」式的人生性必定十分外向，到處都是朋友，非常快樂。不幸，我正是這種人的相反，既內向而又過份拘謹，以至成年後結交的朋友不多，這真是個人的悲哀。

兩代

雖然這是值得高興的一回事，但是也有著淡淡的哀愁。二十年的歲月如流水，我的第二代已經成人了。

「兒子是自己的好」這句話一點也沒有錯。我發現，每一個人在談到自己的子女時，總是眉飛色舞的，喜不自禁。而我自己也不例外。近來，假使有人問到我的兒子的狀況，我總是洋洋得意告訴他們：老大已經當了助教，老四也已進了大一。這時，我的臉上煥發著歡樂的光輝，就像一個辛勞的園丁在有人來參觀他成績斐然的花圃時那樣的感受。這就是天下的父母心，絕對沒有人會認為我是老王賣瓜的。

記得當我第一次到社會上工作的時候，父親也是頗以這個女兒為榮。他到我的辦公廳來，跟我的外國主管談話；把我帶到他的辦公廳去介紹給他的同事認識。當時，我年輕不懂事，心裡還認為父親有點多事；如今想起來，父親當年的心情不就跟我今天一樣，因為第二代已經成長而感到自傲嗎？

我不相信世界上有海枯石爛永遠不渝的愛情；唯有父母愛子女之心，卻是從盤古開天闢地以至將來人類登上火星，都永恆不變的。

新晴小記

春遲

從來不會遭遇過如此苦寒的春季，一連二十多天，都在冷雨淒風中渡過。即使太陽偶然從雲縫中露露臉，但是，一天半天之後，又恢復了潮濕而寒冷的日子。

亞熱帶的島民不耐長時間的寒冷，許多人都長了凍瘡。臃腫的冬衣始終換不下來，仕女們新製的春裝一直沒有亮相的機會。聽說陽明山上的櫻花早已零落，然而，在這個城市之中卻只有寒冷與泥濘。

今天，雨是歇了，但是，明天呢？誰敢擔保？二十幾天的苦雨苦寒，使得人的心都發了黴，對好天氣失盡了信心。

寶島的春天本來就是驚鴻一瞥似的難以捉摸；今年為什麼更是姍姍來遲？

春耕圖

才走出巷口，就被對面公路旁邊水田中的一幅畫面吸引了我的視線。宿雨初晴，郊原一片新綠，清氣撲人，四個農婦一字形的並排彎腰在水田中插秧，一頭水牛卻懶懶地躺在旁邊的草地上。面對著我的是四頂淡黃色的斗笠，遮住了她們半個身體；但是，因為其中一個穿的是一件鮮紅色的上衣，所以看來特別醒目，並且把這幅〈春耕圖〉點綴得特別美麗。

灰藍色的天空，嫩綠的田野，淡黃的斗笠，紅衣的農婦，這些色彩有多鮮明！有多濃豔！用「萬綠叢中一點紅」來形容，簡直是太庸俗了！這真是拍彩色照片和寫生的最好題材，只恨自己不會使用照相機，也不懂繪事，而一枝禿筆又太笨拙。該怎樣才能把我自己在那一剎那中所得到的美的感受表達出來呢？

小溪

小橋下那道小溪終年的奔流著，唱著快樂的歌，似乎永遠不知道疲倦。一雨之後，它的快樂好像更溢滿了，潺湲地從一塊石頭流過一塊石頭，飛濺著白色的水花，發出了淙淙的微響，也帶來了春天的信息。

雖然這裡的冬天沒有下雪，我卻想像出它是一道剛剛解凍的溪流，它掙脫了嚴冬冰雪的封鎖，愉快地奔流到春天的原野上來。溪旁幾棵枝葉細碎的小樹，也沾染了它的快樂，伸出瘦憐憐的臂膀，在微寒的東風中輕舞。

我每次走過小橋，就會想起《田園交響樂》中那標題為〈小溪畔的景色〉的第二樂章中那甜美、幽靜的旋律，而以為自己與樂聖在一百多年前在創作這首樂曲時看到了同一的美景。

郊居小品

屋後有山

半生居住在大都市中，飽受車塵、噪音與煤煙之苦，渴望接近自然而不可得，想不到，半年前遷居到新居，卻也能與青山相親。雖則距離青山尚遠，而且不是開門見山而只是屋後有山；但是，每天出出進進，抬頭便可見青山含笑，也是非常愜意的。

我不知道那是甚麼山，從方向看來，大約是在景美或木柵那邊的吧？只是，在晴朗的秋陽下，它看來是那麼近，近得似乎伸手便可掬取它的翠綠。

遠遠望去，山下是一片叢林，叢林過來是幾間平房，再過來便是一大片稻田。這平凡的鄉村景色也許並不足取；可是在我眼中，它就會幻成梵谷筆下一幅幅的農村風景：濃濃的筆觸、旋轉的太陽、金黃的麥穗、形狀不太規則的村舍……。他用孩童般天真的筆法把農村景色用油彩繪到帆布上：而我，卻用心眼把鄉村景色著成一幅不朽的印象派油畫。

我每天去上班，站在路旁等車時，總會情不自禁的轉過身去凝視這座屋後的青山。山色本來是蒼翠的，但是由於秋天的天空太蔚藍了，山色也感染了藍的色調，看來便有點像孔雀那種顏色，與綠色的叢林、灰色的房屋、青蔥的稻田、還有籬邊紫色的牽牛花、菜畦裡黃色的南瓜花相掩映、就更顯得彩色繽紛。

「相看兩不厭，只有敬亭山」，我對屋後道座無名的青山，亦作如是觀。

白鷺

自從半個月前那場豪雨過後，可能是因為稻田積了水的關係，我每日臨窗，便可看到公路旁跟片稻田，盤桓著成群白鷺。這些美麗的水鳥，有的在低空上迴旋飛翔，有的伸著長長的脖子在低頭啄食水中的生物。遠遠望去，白羽櫂著碧綠的禾苗，煞是好看。每次看到這幅動人的圖畫，我便立刻想到了王維的名詩：「漠漠水田飛白鷺」。對當前的景色，還有比這句詩更確切的描寫嗎？真想不到，一千多年以前的景色，竟然跟今天完全一樣。

然後，我又想到了杜甫的「一行白鷺上青天」，還有徐元傑的「草長平湖白鷺飛」。除了杜鵑、燕子、鴻雁、黃鸝等禽鳥以外，白鷺似乎也是詩人筆下的好題材。

日月並存

沒有比在晴朗的黃昏從這條大橋上馳車而過可以看到更多景色的了。右邊是紫色的黃昏，左邊卻是銀月初升的清夜。右邊，河岸的沙洲上籠罩著一層紫色的暮靄，瑪瑙色的、黯淡的太陽球體開始疲乏地往下沉落，天畔，還殘餘著淡淡玫瑰紅。當我正目不轉睛，利用車行橋上的一兩分鐘極力捕捉這夢幻般的黃昏美景時；卻又驚詫車廂左邊藍灰色的天空上已升起了一輪嫩黃的滿月，頓時把河岸兩邊的屋宇照耀得如同童話中的世界。我看了右邊，又看左邊，脖子在忙碌的轉動著，真的變成了目不暇給。

啊！日月並存在天空上，遙遙相對。這司晝與司夜的神祇是正在換崗嗎？而我，卻有幸做了旁觀者。

小舟的聯想

橋下那道寬闊的、荒涼的新店溪，總是那麼容易引起我的聯想。岸邊的幾棵小樹、石上曬晾著的魚網、水面的一艘小艇……都會使我想起一幅幅秀逸空靈的山水畫。而橋上的新月、溪中的沙洲、溪畔的一條小漁船，也都會使我立刻聯想到「江上何人初見月，江月何時初照人」、「寂寞沙洲冷」、「野渡無人舟自橫」這一類的名句。

那艘經常停泊在橋下的小小木船也總是使我感到好奇而有趣。天上有飛機，橋上岸上也飛馳著各式各樣的車輛，來往著七十年代的人們。橋下溪中，卻有人過著幾個乃至十幾個世紀以前的漁隱生活，把自己變成了令人羨慕的畫中人，寧非奇事？

當然他不一定是個隱者，他在那葉古典的扁舟中，可能有一具電晶體收音機乃至電晶體電視機，他仍然可以享受現代的物質文明。當他上岸的時候，他也可以穿著像樣的西服革履，上夜總會、電影院，與七十年代的紳士們一同作樂。人們的思想已不同於上一代，漁翁或者賣魚郎已不再是低下的職業，他們儘可以跟士大夫們昂首並立而無愧色。

在這個漁隱者（姑且這樣稱呼他）淳樸的思想中，他也許並沒有發現自己的生活與現實社會在表面上看來是如此不調和，甚至有點矛盾。他所擁有的這艘小小漁舟，大概是他先人的遺產，他世代以漁為業。這艘小船，是他的家；這條溪流，就是他賴以維生的地域。歲月的流逝，世事的變遷，對他似乎都沒有影響。儘管他照樣可以享受現代的物質文明，但他過著的依然是「日出而作，日入而息，鑿井而飲，耕田而食」的原始式的先民生活。這是多麼令人難以置信的一回事！

這又使我聯想到一家規模不大的美容院，老闆娘是一位美絕的少婦，穿迷你裙、露趾鞋，打扮入時。她的老祖母卻是纏足的老婦人，穿著寬大的舊式衣衫，終日坐在客廳的一個角落裡，手持念珠，喃喃誦經；而她誦經的聲音又經常被電唱機播放出來的熱門音樂所遮蓋。每次看到這祖孫兩代的服飾，我就會啞然失笑，她們的年齡相距也許只有四五十年；但是，在外表看來，多麼像是兩個世紀的人呀！在外表上是如此，在思想上又何獨不然？

這是個奇妙的世界，一切都在蛻變，在急劇的變化；然而，古老的又還沒有完全消失。於是，它就兼收並蓄，新舊雜陳。噴射機和木船；新型大廈和茅舍；露趾的涼鞋和纏足；迷你裙和大褂；彩色電視和神龕；雞尾酒和拜拜；……一切的不調和與矛盾，都出現在我們的眼前。

我以為：能夠目睹這種不調和與矛盾，毋寧是一種幸福。假使我早生幾年，不能躬逢這些變化；或者晚生幾年，看不到那些古老的遺風。那豈不是一種損失——眼界狹窄了許多？漁隱者和纏足老婦都是這個社會中的奇蹟，他們點綴了這個社會。同時，我也羨慕他們能夠不被時代的潮流所淹沒，羨慕他們先民般單純淳樸的思想。假使可能的話，我真是寧願把一個現代的知識分子的身分，跟他們交換。

繽紛一束

多色的太陽

每天清晨，當我第一次睜開眼睛時，我所看見的就是玫瑰色的太陽光。它溫柔地在屋瓦上、窗簾上和樓欄上印下輕輕的吻痕，經它吻過的東西，全都煥發著玫瑰色的光輝。

上午，太陽是個金盤，它的光，把大地裝點得金光閃閃，光明璀璨，使人想起了梵谷畫中的檸檬黃。

中午，它變成了白熱的火球，像暴君般統治著世界，令人不可逼視。

下午，火球變回金盤，金盤又變成了青銅色。這時，它已漸漸的老邁了，像個弓著背的老人，緩緩走向人生的盡頭，帶著有點涼味的古銅色。

然而，到了回光返照的時候，它又回復清晨的豔麗了，像個龐大無比的橙紅色皮球，懸在五彩繽紛的西天上。可惜，這黯淡的餘光，塗抹在人臉上的已不再是少女的玫瑰色，是半老婦人唇上的赭紅。

雨中的花朵

在寂寞的雨天裡，在寂寞的樓頭，我看到了無數綻放在雨天中的，五色繽紛的花朵。朵朵紅色的、黃色的、藍色的、綠色的、紫色的、五彩的……花朵綻放在大街上和小巷內，美麗得令人目眩。我奇怪為什麼春天的原野竟會搬到夏日的都市中來了？而花朵又都變得那麼碩大？那些黑色的，是巨大的野草嗎？不管花底下的人是妍是媸，這些只有富幻想的人才看得到的雨天的花朵卻都是可愛的啊？

有了這些美麗花朵的點綴，我忽然覺得，都市的雨天不再是灰色的，也不再寂寞了。

文竹

插在水盆中的玫瑰花謝了，我把它拿去丟掉，卻發現那兩株作為陪襯用的文竹還好好的，依舊生意盎然，就把它留著。

為什麼不讓文竹單獨插在水盆作裝飾之用呢？看，這兩株纖小碧綠的植物亭亭玉立著，像兩株小小的翠竹，又像兩棵具體而微的蒼松；飄逸有緻，清麗宜人。有了這小小的綠色裝飾，但覺一室清涼，遠離塵俗，這真是我意想不到的收穫！

文竹一向都是作為陪襯插花的花材，由於被花朵的美豔所遮掩，從來都沒有人注意到它本身的優點，沒有人知道它可以獨當一面。正如一些具有真才實學而始終沒有機會表現，鬱鬱居人之下的人一樣，永遠受不到賞識。這真正是文竹的悲哀啊！

樹

我愛花，但是更愛樹；因為花朵太容易凋謝了，那比得上挺拔的樹那樣耐人尋味，也更富於啟發性。

不要以為樹只有一種顏色——綠，太過單調；其實，只要耐心觀察，樹的美麗，比花更變化無窮。

樹葉有各種形狀與顏色：卵形、針形、掌形、細條、對生、輪生……深綠、淺綠、綠紅相間、綠黃相間……誰說它們比不上花朵美麗？

我偏愛細葉的樹：垂掛的柳條、尖細的松針、如錢的榆葉、像含羞草的鳳凰木、纖巧的相思樹……在我眼中，都美不勝收。至於那筆直的、一柱擎天的椰樹和棕櫚樹，我都不屑一顧，因為它們太單調了，毫無美感。長夏的綠樹濃蔭；嚴冬的疏枝積雪；春日的繁花滿枝；秋天的落葉飄零；都各有情趣。假如沒有樹，這大地將會荒涼光禿得變成什麼模樣？

西門的足跡

推著一輛竹製的嬰兒車，背著淡水河上的夕陽，沿著成都路、衡陽路走向新公園。竹製嬰兒車中坐著的是剛滿一歲的老二，牽在丈夫手中的是兩歲多的老大。一家四口，常常在黃昏時分到新公園去散步，讓兩個孩子在草地上打滾。這是二十年前我們剛到臺北時的情景。

那個時候，成都路和衡陽路兩旁都是低矮的兩層樓或者平房，好像還沒有行駛公共汽車，偶然只有幾部人力車和腳踏車穿梭其間，行人也不多，所以我們的竹製嬰兒車得以悠哉遊哉地在馬路上「踱方步」，享受小城的靜謐氣氛。新公園裡也很清靜，不像今天這樣亂糟糟的樣子。我最記得公園對面那家名叫三葉的冰果店所賣的芋冰，既便宜又美味，我們每次到新公園都要光顧一番。原來芋頭也可以做冰淇淋，而且做起來風味這樣佳妙，我還是到臺灣來才首次嚐到哩！

有時候，我們也會跑到西門市場裡面那幾家小吃店去吃吃日本料理和沙茶牛肉。這兩種食品，加上我們偶然到龍山寺去品嚐的臺灣點心，都是生平第一次吃到的異味，但覺風味雋永，令人充滿了新奇的喜悅。

說到「西門」這兩個字，它跟我們真是有緣。來到臺北以後，我們一家在那幢靠近淡水河邊的公共宿舍中一住就是十四年半，四個孩子一個接一個的進了西門國校，然後又一個一個的從西門國校畢業出來。我，天天走半條成都路到西門市場買菜；由於去的次數太多了，市場裡面每一個攤販的面孔，我到現在還清清楚楚的記得。那個時候，臺北市還沒有現在那麼多的百貨商店，大公司更是絕無僅有；所以，我不論買什麼東西都跑到西門市場後面那些小店去買。好在那些商店都是麻雀雖小五臟俱全。日用品、布料、廚具、文具、小孩的衣褲、球鞋等等都可以買得到，我在買菜的時候就可以順便帶回家，方便之至。到西門市場買東西這個習慣，直到我們搬離了那幢公共宿舍以後，我還保持著，有時需要某一樣東西，明明在住所附近可以買得到的，我卻往往不自覺地就坐上公共汽車，重回舊地去買。許是我在那一帶住得太久了，對那一帶太稔熟了，多少總有點感情作用之故吧？

一晃之間，打從我坐在一輛大輪子的高高的人力車上從火車站來到淡水河畔那幢公共宿舍的那一天起，我在臺北一住就是二十年，而這二十年之中，有五千多個日子是在西門地區渡過，作為一個已有二十年資格的臺北人，我是一個極土極土的土包了（最近就曾經因為向一個初相識的人問路而被人誤認是剛到臺北的人）；但是，對於西門帶的道路街巷，我卻是識途老馬，因為那裡到處都印滿了我的足跡。

二十年前的西門地區，清靜淳樸，充滿了小城的風味；二十年後，它已是高樓林立，車水馬龍，儼然一副現代大都市的面貌。當年，那牽在他爸爸手中的兩歲多的小男孩，坐在竹製嬰兒車中的一歲寶寶；現在一個已是為人師表的預備軍官，一個則是最高學府的三年級學生。而我，人生中最美好的二十年光陰也已經從筆尖中輕輕溜走。

唯有山是亙古不變的

我從來不會領略過雨打芭蕉的情趣，但是，我每日坐車經過橋上時，卻都被河堤下面那片綠地上的兩棵芭蕉引起我無窮的遐想。

在深秋的季節裡，島上的驕陽依然如火盆般覆蓋著大地。而那兩棵芭蕉，在灼熱的、混和著塵埃與細沙的西風中，搖曳著它們濃綠而肥碩的葉子，姿態妙曼無比，完全是一副物我兩忘的超然境界。

多像我曾經看見過的那幅國畫中的芭蕉啊！它們會不會就是古人筆下的那棵芭蕉呢？我愚蠢地這樣想。

當然不是。凡是有生命的物體都會死亡。從古人執筆作畫那個時候到現在，已不知道有多少棵芭蕉枯死過千萬次了。

我遊目四顧，房屋不是千百年前的房屋，車子不是千百年前的車子。人的面孔雖然無異於千百年前，但是我的髮型、服飾、生活習慣，甚至言語都變了；思想也不同了，不是都說「人心不古」嗎？樹木不是千百年前的樹木，道路不是千百年前的道路；那末，河水是千百年前的嗎？不是，河水是最新鮮的，它永遠奔流不息，如歲月之永逝，千百年前的河水，早已回歸到大海的懷抱中。何況，河床還有時會改道？

我遊目四顧，看見了如衛士般拱立在這個城市外圍的群山，啊！這就是了。只有山才是千百年甚至千萬年前的山。地球上的萬物都會死亡和腐朽，唯有像巨人般在大地上的山，卻是亙古不變的。山是如此的沉默而冷靜，它如果能言，當會以歷盡滄桑的感慨，為人們娓娓地述說前朝遺事。

幸福及其他

幸福

日影從東面的窗子透過白紗窗簾爬進屋子，灑在綠白交錯的塑膠磚地板上，灑在綠色的沙發上。四壁的字畫、茶几上的瓶花和盆景、案頭的小擺設也全都浴在金色的朝陽中。一切都是那麼整潔，那麼安詳，那麼靜謐。看著這個自己一手經營出來、頗為雅緻的客聽，我的心中便充滿了幸福的感覺。

這個秋天，孩子們一個羽毛豐滿，已經自立；一個去服役；一個住校；家中便只剩下老么。他上學以後，更是只剩下我一個人在家。由於沒有他們的「搗亂」，白天裡，整個屋子我都可以保持非常整潔。我可能是有潔癖的人（有人說有潔癖的女人不會有孩子，可是我卻養了四個兒子），我喜歡家中的一切都有條不紊，一塵不染。多年來，被這四個由小淘氣而變成書呆子的兒子把整個家弄得亂七八糟的，往往令我惱火。所以，目前的安靜，就使我感到非常幸福。

也許是因為少年時曾經受過戰爭的威脅吧，這些年來，我已深深的懂得平安是福，知足常樂的道理。世俗的富貴榮華，我早已毫不動心；近兩三年來，甚至連年節與玩樂都不感興趣。心境之恬淡，就像山間的一泓潭水，永遠無波。

生逢亂世，只要家人無病無災，衣食無缺，有屋可住，有書可讀，復有何求？能擁有一間窗明几淨的客廳，於我已是一種幸福。

朦朧的夢

我常常懷疑自己的記憶力何以那樣差，對於逝去的一切，都只像一個朦朧的夢，迷迷濛濛地不可捉摸，沒有一件事能夠清晰地記下來。而很多比我年輕的朋友，談起從前在大陸時的往事，卻能滔滔不絕如數家珍。這，不免使我自慚而又自悲。有時，真是恨不得時光倒流，使我能夠重度一次童年和少年時代的歲月。

再回到過去又如何呢？我的童年和少年時代跟我的孩子的生活方式並沒有太大的區別呀！我所居住過時間較長的城市像廣州和香港都毫無地方色彩（就像今日的臺北），沒有什麼使人難以忘懷的所在。而我家的家庭生活方式又太新，從小，我們就往洋房，看外國電影，不拜神，不祭祖。兩代的生活並無差別，叫我又何從去追憶呢？

真羨慕那些在農村中長大，嘗過爬樹偷果子、下水摸魚蝦的滋味；或者那些生長舊式大家庭中，經歷過上一代那種悠閒生活的人。起碼，在他腦海中那本無形的照相簿裡，會比我有更多絢麗動人的照片。

可憐我的孩子們的童年過得比我更貧乏，他們都是在一幢日本式的公共宿舍中長大的。將來，在他們的回憶中，童年是不是也只是一個朦朧的夢呢？

雨中的黃花

一個下雨天，我坐車經過一所國民小學。這時，剛好是放學的時候，只見，在灰濛濛的雨絲裡，一隊隊穿著黃色雨衣戴著黃色雨帽的小天使們魚貫從校園裡走出來。他們天真的笑語聲，使寂靜的雨季街頭充滿了生氣，而晃動著的一頂頂小黃帽，又似是無數茁長在雨中的花朵。

濛濛的細雨本來影響到我的心境非常黯淡。如今，這些小朋友天真的笑語聲（真是清脆得像銀鈴），又使得我快樂起來了。

啊！晃動在雨中的朵朵黃花，不正是Degas的畫嗎？那多像他筆下似乎會在團團而轉的芭蕾舞裙。

生活的浪花

愛山

在臺北，無論走到那裡，抬頭都可以看到群峯環抱，遠山含笑。這，常常會給我一種安全感。在晴朗的日子從臺北市坐車到永和去，一過了中正橋，「走進山的懷抱裡」這感覺就更加明顯。山並不高，所以我不能用層巒聳翠來形容。我只是看到一層層的山峯像是在向人張開兩臂，而山與我的距離是這樣近，滿山的蒼翠，又似乎伸手可掬。這時，我的心頭就會充滿了幸福之感。多快樂呀！住在十丈紅塵的都市裡，卻能日日與青山親近。

現在，我坐在辦公廳的高樓上，透過落地的大窗，又可以看到綠樹和屋瓦後面的青山。東面的窗外有遠山，南面的窗外也有遠山，我依然是在山的懷抱中。

「我看青山多嫵媚，青山看我應如是。」我雖然不是仁者，但是近年來已有愛山甚於愛水的趨勢。大概是人到中年，比較偏愛穩重的事物之故吧？在鎮日窮忙的生活中，縱然不能「採菊東籬下」，不過，能夠「悠然見南山」，也應該滿足了。

幻象

真恨自己善忘而又手拙，不然，每晚我在進入夢鄉之前在眼瞼上所看到的美麗的圖案與形象，那真是足夠我畫成一冊畫集。

我不知道別人會不會有這種現象，而我的確是每晚在將睡未睡，半睡半醒之際，在眼皮上就會顯現出各種不同的幻影。有時是彩色的圖案；有時是線條模糊的抽象畫；有時是似曾相識的風景；有時是千紅萬紫的花園景色。而這些幻影又會瞬息萬變，恍如銀幕上的鏡頭，轉眼即逝。

要是能夠把這些幻象都固定起來，留著慢慢欣賞，那該多好！只可惜，我只要把眼睛一睜開，這些美妙的幻景便全消失得無影無蹤。更恨自己的記憶力不好，而又沒有一枝丹青妙筆，否則憑著這些幻象的啟示，說不定也能畫出一些動人的圖畫哩！

鏡花水月，畫裡真真，人生何處不是幻？然則，我又何必希望那些眼瞼上的美景都變成真實呢？

多夢

我是個多夢的人，幾乎夜夜有夢，這可能與自己的行業有關。從事文藝創作的人，豈不是一天到晚都在胡思亂想的麼？日有所思，夜有所夢；因此我的睡眠就很難得「平靜無波」。

我常常在夢裡得到寫作的靈感和小說的題材。在夢裡看電影時，自己往往會變成了戲中人，真是非常有趣。在夢中沒有時空的限制，有時回到童年時代，有時置身異域；雖然還不到隨心所欲的境界，起碼，在生活中無法得到的，在夢中都可以得以實現。如果醒來以後而夢境還歷歷在目的話，那麼，就更是回味無窮。

前些日子，中副刊登了一篇繙譯的小品——英國作家Priestley的〈樂趣〉，其中便有一段說夢的，風趣而雋永，令人一面讀一面忍俊不禁。他說：「……無論夢是愚蠢或聰穎，恐怖或美好，都是人生經驗的補助，是黑暗中的獎勵，是一段與現實截然不同的生活。對它，我認我們該有訴不盡的感激，只有夢能帶給你這麼多的樂趣。……」可不是嗎？假使每一個漫長的黑夜都是無夢也無歌的，那麼人生該是多麼單調多麼寂寞！

漂鳥歸來

我家養了一籠十姊妹，已經有五年的歷史。五年來，有些飛走了，有些病死了，到如今，只剩下碩果僅存的四隻——算起來是祖孫三代——相依為命。

我的孩子，雖然已經是大學生了，依然童心未泯。別人養鳥，只是關在籠裡觀賞；他們卻常常要開籠放鳥，說是尊重「鳥權」，要給予牠們自由的時刻，使牠們得享翱翔的樂趣。由於鳥兒享有太多的自由，以至我們家裡的每一個窗臺、床欄和燈架上，都沾滿了白色的鳥糞。好幾隻鳥因為太自由而飛走了；有一隻不幸撞進一部開動的電扇中，當場畢命。儘管如此，孩子們還是不聽勸告，天天開籠放鳥。

前幾天，他們又在重施故技時，不知是誰開了陽臺的紗門，沒有關好。於是，一下子四隻鳥都衝到外面去，轉眼間就飛得無影無蹤。孩子們懊喪得要死，我卻不免有點幸災樂禍，因為從此可以免卻鳥糞的為患。不過，心裡也有點不安，這些一向養尊處優的鳥兒飛出去以後何以為生呢？牠們到何處覓食？晚上將棲息在那裡？假使不幸而落在頑童手中時，又將會遭遇到甚麼悲慘的命運呢？想想也不覺戚然。

那四隻鳥是早上飛走的，想不到，那天的黃昏，卻有一隻飛了回來。我們先是聽到陽臺上有啁啾的聲音，起初以為麻雀，也沒有理會。還是孩子比較熟悉鳥性，他提著空的鳥籠跑出去，一會兒又提了進來，大叫：「老鳥回來啦！」

我是始終分不清那幾隻鳥誰是誰的。此刻，但見空蕩蕩的籠裡關著一隻無精打采的鳥，據孩子們說，這就是那隻最老的鳥爺爺。多奇怪啊！飛走了一整天，居然像信鴿似的回到了舊巢。是鳥倦知還，還是老馬識途？其他那三隻，恐怕不是已經迷途，就是已經遭遇不測了。

到現在，那三隻小鳥還沒有回來。只有老鳥孤零零地關在籠裡，不時地引頸長鳴，似在呼喚牠的孩子。那副悽惶落寞的樣子，看了實在令人惻然動念。

可憐的飛走了的鳥兒，你們會像泰戈爾筆下的漂鳥一樣，有一天回到我家的窗前來唱歌嗎？

寂寞的城市

為甚麼要慨嘆懂得欣賞古典音樂的人太少呢？歷年來，臺北市舉行的大音樂會（只限於外國音樂家或者國外歸來的音藥家），不都是場場客滿麼？而我這個不善於擠的人，不也大都向隅？

但是，你得這樣想：中山堂的座位不到兩千，而臺北市的人口已越過了一百七十萬。電影天天可以看得到，而音樂會卻是一年難得幾回聞啊？

儘管真正愛好音藥的人不多；然而知道「愛好古典音樂」是一種「高尚嗜好」，而又拿得出兩百元新臺幣的人，誰不願意坐在音樂會的前排呢？

中視不惜犧牲了黃金時間來轉播ＮＨＫ交響樂團的演奏實況，使得又一次向隅的我欣喜若狂。轉播的晚上，拋開了一切工作，早早就緊張地坐在電視機前，以為可以享受到一次免費音樂會。可惜，結果卻不像預期的那麼美滿。

最煞風景是頻頻插播的廣告。每當聽得入迷，正在緊要關頭的時候，就被無情的廣告打斷，使得美好的氣氛與情調，為之破壞無遺，令人氣結。固然，沒有廣告，即沒有轉播的費用；不過，是否可以在音樂會開始和完畢之後才播，頂多在一曲告終或者樂章與樂章之間轉播呢？

還有，中山堂的光復廳本來就不是為演奏著樂而設計的，每次有音樂會，音響效果都受到影響，這真是令人感到遺憾。好像這次轉播吧！不知是否由於場地的關係，攝影機無法自由活動，在藤田梓女士演奏蕭邦的第一號鋼琴協奏曲時，鏡頭自始自終都只照出她的背影和側面，使人看不到她美麗的臉孔和表情，甚至雙手在琴鍵上飛舞的特寫鏡頭也很少。在演奏交響樂時，鏡頭也不能與各種樂器相配合，這也是難令觀眾滿意的。

不要以為一連四晚的音樂會都告滿座，中山堂內的觀眾熱情洋溢，就是音樂風氣鼎盛而沾沾自喜。須知道：這只是一百七十多萬與二千之比啊！臺北市到處都是歌廳和電影院，而音樂廳至今尚無一座；唱流行歌的節目在電視中一天不知播出多少次，而音樂會實況的轉播還是頭一遭。

儘管噪音盈耳，臺北市仍是一座寂寞的城市。

說隱居

也許是受了田園詩人的影響吧？我從小就沒有大志。假使要說我有甚麼志向的話，那麼，說來好笑，打從十三四歲的時候開始，我就希望能做一名隱士，嚮往著「結廬在人境，而無車馬喧」的世外桃源生活。

儘管如此，我這半輩子卻是好像註定要做俗人似的，從小到現在，住的都是紅塵十丈的大都市，不但與田園絲毫無緣，甚至連泥土都沒有機會碰到。同時，隱居的「志向」，也隨年齡的漸長，以及世故的漸增而變得慢慢消失，乃至遺忘。

不久以前，有事到礁溪去。當公路車在臺北縣和宜蘭縣之間的山路上，馳過一座又一座蒼翠的山巒時，我看見了一道沿著公路奔流的清溪。清溪對岸一座山岩下面，有一片小小的草原，草原上有兩間小小的木屋。

啊！我對著車窗，幾乎叫了起來，我忽然又檢到了一個遺忘了多年的夢。這裡有山有水，塵埃不到，不正是隱居的好去處嗎？假使請你住到這兩間小小的木屋裡來，你是否願意？我的心中有一個聲音這樣問我。

是的，我喜歡這裡幽靜的環境，喜歡這裡山間的清氣，喜歡這片長滿灌木的草坪，更喜歡這道清澈的溪流。但是，但是，這木屋裡有水電的裝設和衛生設備沒有？在這裡能不能收看電視？這裡有沒有人送報？有沒有郵差？我並不貪圖都市的繁華，我可以不看電影，不上夜總會，不吃館子；我可以睡竹床，穿布衣，以青菜魚蝦佐膳；可是，我不能放棄已享受了多年的物質文明，不能與外失去聯繫，不能……。愈想愈多不能，至此，不能不嘆息自己是個凡夫俗子，只配在紅塵中終老。

假使我現在還是只有十三四歲或者二十歲，那麼，我可能會在那兩間小木屋與豪華公寓之間選擇前者。可是，我現在已是一個飽經世故的中年人，我不會再做白日夢，不會幻想，思想中已沒有絲毫羅曼蒂克的成份，所以，我對「隱居」這個願望，已不再像當年那麼熱切。何況，豪華公寓對我還是一個誘惑？

人總是得向現實低頭的，可不是？晉朝的時候假使也有豪華公寓、花園洋房的話，我們的大詩人陶潛恐怕也不願意天天在東籬下採菊了。

歲除瑣語

無事可記

也許十一月真是一年中最沉寂、最不受人重視的一個月份吧！金色的秋天已逝，而這裡又無白雪皚皚的冬日，於是，我的日記本遂呈現了一個月的空白——三十天「無事可記」。

在一本本的日記上記下每日生活上和思想上的雪泥鴻爪，假使不是曾經在戰火的邊緣逃過難，這些本都可以裝滿一個皮箱了。「著作」等身，從一個初中的短髮女孩而變成了助教、研究生和大學生的母親。可怕！生年不滿百，而我卻虛擲成串的光陰如糞土！

我曾經言者諄諄的勸告有志寫作的年輕朋友：每天寫日記是最佳的習作方法，在日記中不單只記載生活的片段，還應該記下讀書的心得以及自己思想的波瀾。而我自己，自從離開學校走進柴米鹽油的主婦生涯以後，日記簿中卻經常是空頁。有一本精裝的日記簿用了七年之久，因為裡面記的無非是「訪友」、「開會」、「赴宴」、「看電影」、「郊遊」等紀錄，活像一部生活的流水帳。

十一月，我的日記本呈現出三十天的空白——「無事可記」（我初中時代偶然出現在日記上的四個字）。起初，我似乎很欣賞這種平靜無波的日子；但是，稍久之後卻感到惘然。那些「上班下班」、「吃飯睡覺」的空白啊！到底是表示自己的思想已經麻木了，與社會脫節了，還是別人已把自己忘記了？於是，我又忍不住往靜極思動起來。

我們走下山

胸臆中充滿了親友們對佳節的祝福，舌尖上還殘留著耶誕午餐的美味，我們走出了叔叔家西班牙式的庭園。

細雨濛濛地下著，輕寒悄悄地從山巔，從樹梢，撲向我們裸露的臉龐。不冷！不冷！親情的溫炙已暖遍了我們的心頭。

公路車一班又一班的像塞滿了填料的八寶鴨似的過站不停，疾馳而去。站在公路旁欣賞，細雨中山光翠色固然不錯，但是，天曉得要等到什麼時候？我不能讓大好的光陰白白給「等候公路車」謀殺掉呀！有誰提議：「走路！」沒有猶豫，沒有遲疑，兩家十個人立刻向前開步走。雨，柔柔地、輕輕地灑在髮上和臉上，像煞了「沾衣欲濕」的杏花春雨；這時，手中那把小花傘反而變成了多餘的。

山上的空氣很清新，涼涼的，像是一杯透明的、淺綠色的薄荷酒。路面被雨水沖洗過，很清潔，大踏步的走，也不怕有泥濘濺到腿上。沒有車塵，沒有喇叭聲，沒有摩肩接踵的行人，放心地走吧！這種福份，又豈是在山下鬧區的馬路上可以享受到的？

孩子們跳跳蹦蹦的走在前面，大人安步當車的走在後面。十分鐘的車程，我們卻走了一個鐘頭以上。日行萬步，今天我們的運動真是足夠了。神奇的是，走了一個多鐘頭卻一點也不累，依然神清氣足，健步如恆。運動之功真是奇妙。

山下的路旁有個玫瑰花展，於是，我們又順便參觀了園中的國色天香。那朵朵大如飯碗的各色玫瑰，更是使得我夜裡的夢魂充滿了芬芳和色彩。

冬日的黃昏

也許是因為我太愛陽光了，在晴朗的日子裡，四周景物所給予我的感受也特別多，尤其是在冬天，晴天真是千金難買。

在晴和的日子，下午五時走出辦公室的大門，街上還是白晝；搭上班車，走到小南門附近，也依然是紅霞滿天。當你在車上打個盹兒，或者遐想一番、神遊物外個五分鐘十分鐘時，你會忽然警覺：怎麼車廂外的市街驀地暗起來了？有時，車子走到水源路上，還可以看到天邊的雲彩；然而，一過了中正橋，天色便已入暮，眼前盡是萬家燈火。在短短的幾分鐘之內，彷彿便從白天進入黑夜，中間竟無緩衝地帶。

曇花一現，驚鴻一瞥，短暫得令人吃驚，而又可愛得令人難以忘懷，這便是冬日的黃昏。

音樂頌

這不算是我熟悉的歌曲；但是，在我第一次聽到它的時候，就感動得幾乎流下眼淚。音樂應該是藝術中最崇高最超然的境界了，因為它是抽象的、無形的；看不見，摸不著，只能夠用耳朵來欣賞。請看詩人蕭柏怎麼來歌頌音樂：「偉大的音樂，正當陰暗的時光，我絆倒在人海狂瀾深處，是你恢復了我疲憊的心靈，解脫一切世間煩惱，給予我力量與自信心。悠揚的琴聲引領我的心靈，向無限歡樂之境飛揚，使我眼前出現光明美麗的遠景。啊！偉大神聖的藝術，讓我向你永遠讚美歌頌。」

歌曲之王舒伯特把這首動人的短詩〈音樂頌〉譜成歌曲曲調雄渾而略帶憂傷，但是旋律卻很優美。我特別愛聽德國男高音狄斯考所灌唱的唱片。這位長於演唱舒伯特的藝術歌的歌唱家，〈音樂頌〉在他圓潤、清越而渾厚的金石一般的嗓音下唱出來，真是蕩氣迴腸，繞樑三日。

我看小說看電影都很少落淚的。每次聽〈音樂頌〉卻都會感到悱惻憂傷，不能自已。是音樂的力量大於文學呢？還是這位男高音的歌喉特別感人？

美好人生

有人問我：「在人生的各個階段中，你認為那一個時期最好？」

我想：我是有資格回答這個問題的，因為，除了老年這個階段以外，其他的幾個階段我都經歷過。但是，我想了許久都答不出來。

從前，我曾經認為無憂無慮的童年該是人生的黃金時代。然而，童騃無知，渾渾噩噩，只懂得茶來伸手，飯來張口；如此人生，又有何意義？

那如詩如畫的黛綠年華我也曾留戀過。它消逝得那麼迅速，也曾經使我為青春與美麗之不再而神傷。可是，在那個人人豔羨的金色歲月，我又做了些甚麼？除了織夢以及談愛，我為社會貢獻了甚麼？為生命增添了甚麼？那個時代的無知、幼稚與童年相比，只不過是五十步與百步之差而已。

那麼，你對你現在的階段是否十分滿意呢？是的，我滿意我現在的成熟以及穩健的作風。在人生的戰場上，我已經是一個身經百戰的老兵，如令，對世上的風險，早已達到慎謀能斷的地步。關於這一點，自覺比一般黃毛丫頭幸運得多。

然而，十年二十年以後又如何？未來之視今日，猶今之視昔。那時，是否又會嫌今日幼稚，對今日種種言行感到漸愧呢？

人生的各個階段，無所謂好不好，端在個人當時的感受如何而已。把每一天都活得有意義，把握往現實的每一秒鐘，人生的每一個階段都將會十分美好。

短歌

偶然見月

那夜，我到後陽臺去晾衣服，偶一抬頭，猛然發現在兩排公寓夾縫間的一線夜空上，鑲嵌著一輪已有五分之四滿的月亮，正散發著淡淡的清輝，照著人靜的後巷。

好久沒有看到月亮了，我也早已失去賞月的雅興。這輪淡黃色的、像剪紙畫般貼在深藍色天幕上的月兒，並沒有引起我甚麼美感。只是，想到自己居然只能夠在弄堂間狹窄的一線天上看到月亮，也就不禁為自己有如井底蛙一般的視野自憐起來。

屋頂的紅花

我的書桌前面有一扇明亮的大窗，窗外可以望見許多人家的屋頂和一座遠山。那些屋頂清一色都是深灰色，遠山也是灰灰藍藍的色調。遇到陰天的時候，舉目望去，一片灰濛濛的，往往使人不自覺地在心頭上也抹上一層灰色。

忽然有一天，有兩盆紅花出現在一個人家的平臺上。遠遠望去，在那一大片灰色中，小小的兩盆紅花，竟顯得非常惹眼，十分美麗，引得我時時停筆眺望。

花的主人該不會想到，幾朵紅花、幾片綠葉，竟能為這一帶的風景線生色如許吧？

夢回故園

兒子把掛在他房間裡的月曆上一個月那頁撕下來，放在書桌上。上學以前還鄭重地吩咐我：「媽，這一頁很美麗，不要丟掉它。」我一時記不得那一頁的畫面是甚麼，就走過去一看。啊！桂林的風景：澄碧如鏡的灕江，岸邊筆立著筍狀的石峰，石峰倒影在江面上，分不出何者為真，何者為幻。這空靈秀逸的山水，正是我三十年來魂牽魂縈的地方。我怎會把它丟掉？

桂林不是我的故鄉，但是在抗戰勝利前後，我曾經乘船經過灕江四次，石峰下潔淨的河灘也印有我無數青春的腳步。我愛桂林勝於其他的地方；但願，今宵能夢回故國，重遊灕江的山水。

思古幽情

近來，忽然對那些中藥店、香燭店、裱字畫店之類的古老行業發生起興趣來。因為，這些店鋪是純中國式的，一絲兒洋味都沒有，置身其間，令人發思古的幽情。

我喜歡聞中藥店裡面各種藥材的香味；香燭店內檀香的香；更喜歡裱字畫店中那種藝術氣氛。這些店鋪不但純粹中國，而且也是屬於上一代的，在滿街花花綠綠的櫥窗裡，唯有從這些帶著古風的店鋪裡嗅到我們的傳統文化，讓我們的孩子知道一點點我們列祖列宗的生活情形之一斑。每當我走過這些店鋪時，就會想起童年時代替母親到中藥店去買金銀花、菊花的情景。

美麗的謊言

母親節的前夕，收到海外求學的兒子寄來的一張賀卡。淺淺粉紅色的底，當中是一束用粉紅絲帶繫著的小白花，旁邊還有兩隻在飛舞著的粉蝶。上面是燙金的兩個英文字「母親節快樂」。裡面，精緻的花體字印著一首英文小詩：

啊！媽媽，你是我生命中的陽光，
你是我黑夜裡的燈塔。
你把我撫育成為一個正直的人，
我不知道怎樣來感謝你。
如今我雖然不在你的身邊，
但是我的心永遠跟你在一起。

另外，兒子還用中文寫了兩行字。上款是「親愛的媽媽」，下款是「你的兒子敬上」。看著，看著，我的眼眶就濕潤起來。雖然是秀才人情，可是，這飄洋過海而來的一張紙片，卻蘊含著多少親情在內啊！

我把這張美麗的賀卡放在案頭，看著，看著，不知怎的，就想到了另外一個問題。常聽人說美國是老年人的墳墓，成年子女，絕大多數自立門戶，剩下高年父母寂寞相守，平日難得往來。逢年過節，即使住在同一個城市，也很少回家團聚。托綠衣人捎來一張印刷精美的賀卡，便代替了晨昏定省之勞。而那些寂寞的老人，有這樣一張賀片豎立在壁爐上，就覺得自己還不至完全被子女忘記。

固然，我並沒有懷疑兒子對我的愛。在家時他對我很孝順，出國後經常有信回來，是個好兒子。可是，那些並非真心愛父母的美國兒女（當然也包括普天下不愛父母的子女），口是心非的寄去一張從印刷機裡大量生產的賀卡，不是等於用美麗的謊言來誆騙父母嗎？

一想到那些可憐的老人居然會被那美麗的謊言所感動，我就覺得這是世間上最悲哀的一回事。

我並不反對遠適異地的遊子憑藉一張賀卡來表達他們對父母的孝思。但願他們在寄卡的時候能夠想一想自己是否真像卡上那些甜蜜誘人的詩句所說那樣的愛自己的父母。

心靈漫步

藝術的一刻

自從陽臺上那盆九重葛長出了蔓籐以後，那最長的、倒懸著的一根，就在通往陽臺的那扇紗門上劃了一道優美的弧形。每當我坐在客廳的沙發上，就可以看到這道弧形構成的一幅圖畫。淡綠色的沙門上，掩映著一根懸垂的蔓籐，籐上綴滿碧綠的小葉和一球球紫紅色的花朵，瓔珞繽紛，真是美的極致。

一個星期日的午後，我獨自一個人坐在客廳裡，在電唱機上放了一張男中音狄斯考的藝術歌選集，其中的〈音樂頌〉，我一共放了三次。在狄斯考圓潤沉雄的歌聲裡，我的目光有時落在紗門外那簇懸垂的花葉上，有時落在牆上一幅梵谷和一幅高更的名畫複製品上，享盡耳目之娛。這時，我的心靈已完全淨化，似已接近天國。

啊！有音樂，有名畫，有花木，還有滿架的圖書。這一刻，是藝術的一刻，也是永恆的一刻。我復何求？

升起的旋律

在海外的兒子寫信回來說，當他在求學與打工的夾縫中喘不過氣，感到極端煩惱苦悶的時候，就會低低哼起他所熟悉的樂曲旋律，想起了在家裡和我一起聽唱片的時光；於是，所有的愁苦就都拋到九霄雲外。

這種經驗我是常有的。音樂聽得多了，胸臆中就好像藏了無數錄帶，隨時可以放出來。不一定是在煩愁的時候，偶然，心血來潮，某一個熟悉的，喜愛的旋律就會突然嬝嬝升了起來，那股喜悅之情，真是難以描述。前幾天，我在街上忽然想起了布拉姆斯那首小提琴協奏曲（其實我並不怎麼喜歡這首曲子，只是忽然想起了），於是，就像急著要會見一位久別的老朋友似的，回到家裡，立刻把這張唱片找出來放，讓那美妙的琴音柔柔地撫慰我的心靈。

豹

重看維斯康提的《豹》（The Leopard）（片商譯名《浩氣蓋山河》，太不貼切），所得的感受與十年前又完全不同（足見自己多少還是有點進步）。維斯康提不愧是一名藝術巨匠，片中每一個鏡頭都是一幅抽象派的名畫。即使那幾場小型的巷戰，也沒有血肉模糊的恐怖，有的只是悲壯蒼涼的氣氛。

在《豹》片中，維氏蓄意要介紹西西里島的文物。於是，貴族之家以及教堂中的壁畫、帳幔、地毯、家具、瓷器、乃至種種室內裝飾，燦爛奪目的巴洛克和洛可可的藝術品紛陳，使得觀眾目眩神馳。而西西里島上荒涼壯濶的景色，似乎又在象徵貴族的沒落。

鬍鬚虬結、高大挺拔的西西里王子真像一頭雄豹（畢蘭卡斯脫的造型與演技都堪稱一絕）。片末，豪華的古典式舞會結束之後，自傷老大、悲從中來的王子，踽踽獨行於更深人靜的陋巷中，教堂鐘聲隱約可聞。意境之深遠悲愴，令人落淚。

《豹》片配樂之優美，也是吸引我的條件之一。它也許不算是「好看」的片子；但是，假如你想從電影中欣賞一些較為古典的藝術，如今已不可復得（今日的電影，除了色情與暴力之外，還有甚麼呢？）。

重看《豹》片，使我享受了兩個半鐘頭美的時刻。

小品五題

昂貴的午睡

每天午後，當我把疲乏的身軀往床上一躺，熱的皮膚接觸到冰涼的竹蓆時，那種感覺，使我覺得這是我一天中最美好的時間，也是人生一樂。

想想看，這是我經過一段痛苦得來的，所以我對它也就特別珍惜。為了這十五分鐘到廿分鐘的午睡，我得在烈日下步行十五分鐘，再坐十五分鐘的公共汽車。花費這麼大的代價，我每天這場短短的午睡，不能算不昂貴了吧？

午後人靜，獨自躺在光滑如鏡，清涼如水的竹席上，看一兩頁愛讀的書，然後到夢鄉去小逛一會兒。醒來之後，神清氣足，再開始下半日的活動。這不是人生一樂是甚麼？

舊與新

有些東西我喜歡舊的，有些東西我喜歡新的。喜愛的程度，沒有一定的準繩，完全是個人的感受。

我愛唱舊歌，愛聽古典音樂，一些舊的中國藝術歌、抗戰歌曲，還有《一百零一首》裡面家喻戶曉的世界名歌；以及屬於古典範圍的音樂，我都百唱、百聽不厭。而對那些無調的，聽起來不和諧的現代音樂，卻是敬謝不敏。

但是，對於舊的文藝作品和舊電影，我並不覺得它們愈陳愈香。舊的文藝作品平鋪直敘，用的又是陳腔濫調；舊的電影手法陳俗、鏡頭呆滯，演技也不自然，這些都是我不能忍受的。

至於繪畫，我是取法乎中。古典派的太呆板；當今的普普藝術和歐普藝術我也不大欣賞。我還是喜歡以美為出發點的印象派繪畫。

幽境

有一天的午後，我經過一條小巷，雨後初晴牆頭探出一棵綠油油的、一塵不染的木瓜樹，屋裡傳出陣陣掙琮的鋼琴聲，一霎時，我不禁為服前的幽境呆住了。

不必登山，不必入林，有時，在陋巷中也會發現幽境，那完全是由於心靈的領會而來的。

樹林

我很喜歡樹林，它們是人類的好友。

人類害怕炎陽，樹卻勇敢地接受陽光，欣欣向榮，把綠蔭留給人類。

很多樹苗在一起長大，它們一起接受陽光雨露，一起抵禦狂風暴雨，它們親熱地聚居一起，舉臂向天，終日沙沙地說不完知己的話。有時，還會擺動腰肢，隨風起舞。

不要砍伐樹木，它也有感情。在斧鉞的刑罰下，它們會流出白色的血，痛苦地慢慢枯死。

自傷愚昧

自從無意中看了二位少女所寫一篇學佛的經過，我忽然為自己的愚昧而悲哀起來。

我生逢亂世，身經兩次戰禍，環境不能算十分順遂。但是，我為甚麼從來不曾有過煩惱，也沒有迷惑的痛苦呢？

往好處講，我是樂天知命；往壞處講，我是混沌、糊塗、愚魯、庸碌。一個平凡而過於正常的人，宜乎其不能成為大器。

自卑之餘，不覺口占了兩句歪詩：「並非世途太坦蕩，生性癡愚不解憂。」

思餘

雨中聞簫

走在涼涼的雨絲裡，像走進灰色的網中，心情也跟著變得灰黯起來。忽然，不知那處樓頭，傳來一陣洞簫聲。雖然不是「春夜聞笛」，也不是「月夜琴韻」，而只是雨中聞簫。啊！已經夠中國了。

好熟悉的調子，好美妙的調子！少年時的歲月，忽地在簫聲中回到了眼前。「南園春半踏青時，風和聞馬嘶。青梅如豆柳如眉，日長蝴蝶飛。花露重，草煙低，人家簾幕垂。秋千慵困解羅衣，畫堂雙燕歸。」這不是歐陽修的〈阮郎歸〉嗎？每一個字，每一個音符，我都忘不了。三十多年前在初中時唱過的歌。奇怪居然記得這樣清楚，也覺得它從來不曾像現在這樣好聽過。

是的，我們有許許多多很好聽的歌：在我們的記憶中；在學校的課本上；在野老村姑的嘴裡。我們的大眾傳播工作者，為甚麼不盡量把這些好聽的歌來代替到處泛濫的靡靡之音？我們也有很多好聽的樂器：簫、笛、胡琴、古箏……我們為甚麼不教我的孩子學吹奏，而非要他們懂得彈鋼琴和小提琴才夠高級呢？於是，我灰黯的心情又繼續灰黯下去。

清談

清談，北平人稱為「聊天」；四川人稱為「擺龍門陣」；粵人稱為「傾偈」，本省人稱為「開講」；年輕人所稱的「蓋」是也。

的確，清談只要不誤國，不誤事，自是人生一樂，好友四五人，一盞在手，有落花生可剝，有瓜子可嗑，天南地北的蓋將起來；大家暢所欲言，滔滔不絕，是很可以聊一個通宵，不知東方之既白的。

在我的朋友圈子裡，大家談的儘管都是「婦人之言」、「書生之見」；但是我們都言之有物，而不至言不及義。而大家又深懂幽默與風趣之三味，所以，「談笑風生」一辭，足可當之無愧，也是最令人可樂的清談。

我天生不善辭令，在眾人前往往只有被蓋的份兒，很少有發表的機會。在人少時，也往往因為不喜歡跟人爭，不夠霸道而被他人「捷口先言」，始終都是一個最好的聽眾。

當然，這也有好處。「與君一夕話，勝讀十年書」，沉默到底是金呀！何況，又可以避免「言多必失」。

效顰

我常常覺得：一個都市就是一個人。道路是他的皮膚；交通網是他的血管，電訊是他的神經；建築物是他的衣著。假使一定要把都市形容為女性的話；那麼，她是個風華絕代的貴婦，抑或是個土裡土氣的村姑，外來者一眼就可以從她的道路和建築物看出來。

二十多年前，臺北市原是道地的村女蛾眉亂頭粗服，一派小家子氣。經過了這麼多年的建設，她漸漸蛻變成為一個時髦的女郎。但是，由於她出身原是村女，一時還是難以躋身於貴婦群中。她雖然也燙髮、穿迷你裙和厚底鞋；然而，她口中鑲有金牙，穿戴不會配色，談吐和舉動不夠高雅，結果還是塊ㄚ頭的材料。

近來，她又接受了植皮術，東挖一塊，西挖一塊的，使人想起了「挖肉補瘡」這句話，替她擔心將來身上一塊黃一塊白的怎能見人？

想作貴婦，是不容易的，除了在外表上改頭換面，恐怕還要進儀態學校去研究一番，才能脫胎換骨，否則，始終只是個效顰的醜女而已。

生活的小詩

紫色的黃昏

我曾經從格瑞格的A小調鋼琴協奏曲的旋律裡聽到過挪威紫色的黃昏。如今，我從這大橋上，也看到了新店溪上紫色的黃昏。

在晴朗的冬日，每天我下班乘公車從臺北回永和去，一到水源路上，我就會被夕照下的河上景色所迷惑。西天上那輪大而圓的落日已不再璀璨。也不透明；但是，那種帶著橘色的深紅正是我所喜愛的。它把一身的金粉都抖落在河面上，於是，微風過處，河面就漾起了一層又一層的粼粼金波。一艘小舟泊在岸邊，也隨著起伏的微波而輕輕搖晃著。是唐人筆下「野渡無人舟自橫」在二十世紀的重現嗎？大而圓的落日似個大皮球般一下子就跳到地平線上。於是，我的視野所及：西天、河面和河的兩岸，像是被魔棒一指，原來橘紅和黃金的色調全都不見了，不知從那裡飄來一片巨大無比的淡紫色的薄紗，把西天和大地通通輕輕掩蓋著。這紫色，是這麼淡，這麼柔，這麼輕盈，這麼飄逸，像飛花，也像薄霧；但是，它不是花，也不是霧。是「只在虛無縹緲間」的暮靄嗎？

黃昏真是短暫得可憐！車手從橋的北端駛到南端，也許只有一兩分鐘的光景。然而，就在這一剎那間，紅與金不見了，淡紫的輕紗也不見了。河岸上的屋宇和樹林在青灰色天幕的背景上，看來都像是黑紙剪出來的影子，黑色剪影裡露出一塊塊鵝黃色的方格子，溫暖著每個歸人的心。

黑夜之神已君臨大地，紫色的黃昏，明天再見吧！

路旁的靜物畫

公車在紅燈前停了下來。偶然探頭向車窗外望，我驚詫於呈現眼前的馬路旁邊那幅美妙，絕倫的靜物畫。

好一個色彩豔麗的水果攤！碧綠的西瓜、黃褐色的鳳梨、嫩黃的香蕉、鮮紅的蘋果、金色的橙子，還有紫紅色的甘蔗！這些彩色斑斕的果實，親密地彼此擠在一塊淡青色的塑膠布上，令人想起了嬰兒可愛的笑臉，以及一窩圓圓胖胖的小狗。攤子上面吊著一盞電燈，燈泡用一張透明的紅紙包著。粉紅色的燈光灑落在那美麗的水果上，使得一個個更加紅豔奪目：我彷彿看到了一幅塞尚的靜物畫。

綠燈亮了公車過了馬路，在一個站上停下來。我提前下了車，往回走。到了水果攤上，買了幾斤我愛吃的柳橙，就是為了要多看那幅靜物畫一眼。

遺忘了的

有很多個早上，我都有著惘然若失的感覺。我以為自己掉了甚麼，也以為自己忘了甚麼。然而，想來想去，似乎都沒有。

是的，我掉了一些東西，也忘記了一些事物。我把它們遺忘在夢中了。那些奇妙的夢，那些可喜的夢，要是能夠清清楚楚地保留著，讓人去回味多好。可惜，「好夢由來最易醒」，當你一睜開雙眸，夢中的美景便消逝得無影無蹤。

真羨慕夢見九天玄女的宋江，醒來袖中還藏著兩顆仙棗的核。這種有真憑實據的夢，恐怕永遠只是一個神話。而現實中的夢，就永遠只是「遺忘了的」罷？

生活的情趣

靜觀萬物

我不是「萬物靜觀皆自得」的哲人，但是我對大自然和小動物的愛好，卻使得我在平凡的生活中得到不少樂趣。

走在街道上時，我的眼光總是停留在人家院子中的出牆花草、窗口的花、安全島上的花卉、行道樹的枝頭、橋下的流水和晴天的遠山上。昨天，偶然看到有一個人家的圍牆後面的一棵石榴樹已結了滿枝珊瑚色的、比指頭還小的果實。橘紅色的、念珠似的嫩果掩映在濃密的微紅淡綠的新葉之間，對我而言，已是世界上最可愛最美麗的圖畫。

在路上看到小貓小狗，或者一隻飛到地上來啄食的小麻雀，我都會駐足而觀。有時，我甚至會用「嘖嘖」的聲音來向小貓小狗「招呼」。你說我瘋嗎？我可快樂得很懂得靜觀萬物的樂趣，保持著一顆童心。也許，這也是生活的藝術之一吧？

享「樂」主義者

不知道從甚麼時候開始，我在做家事時，必須有音樂陪伴著，否則就會索然無味，毫不帶勁。

在縫紉的時候，我總是放一些鋼琴曲唱片，讓鏗鏘的琴音解除那穿針引線的單調與乏味。在打掃的時候，則比較喜歡聽一些急管繁絃的交響樂，那會使我忘記了機械式工作的可厭。在燒飯時，在操作洗衣機時，我也會把調頻收音機帶進廚房或浴室裡。要是調頻電臺恰巧有我愛聽的音樂節目，於是，在美妙旋律的取悅下，炒菜的油煙和那似乎永遠沖洗不了的肥皂泡，也不那麼煩人了。

真要感謝愛迪生發明了唱機和唱片，否則，一個住在遙遠的東方的家庭主婦，那裡來的福份天天可以聽著名指揮家指揮的交響樂？又怎會成了一個享「樂」主義者？

十步芳草

真是人不可貌相。「十室之邑，必有忠信十步之內，必有方草。」聖人之言，千古不易。我看見美容院中一個十六七歲的洗頭小姑娘手中拿著一本厚厚的《詩詞欣賞》，在驚訝之餘，立刻就下了一個結論：一定是她在甚麼地方撿到的，要不然就是哪一個客人留下來的。否則，像這種頂多國中畢業的女孩，怎懂得欣賞舊詩詞呢？

然而，不久之後，我就發覺自己的判斷是錯誤的。那個毫不出眾、與一般洗頭小姐看來都沒有分別的女孩子，當她有了空暇的時候，就坐在一個空位子上，打開那本似乎與她身分不相襯的大書，細細地閱讀起來。

在我們那個時代，小女孩讀詩詞讀古文是不足為異的。但是，在一個中文系學生都不見得喜愛舊文學的今日，這個小女孩的「特殊」愛好就有點不同凡響。

野臺戲

我每天都經過的那條巷子又搭起了一座野戲臺。幾根竹竿，一些木板，簡陋得不能再簡陋。已經是民國六十一年的臺北市了，我還以為這是三四十年前大陸的農村哪！

街頭的孩子們樂了。三五成群地在臺上蹦著跳著叫著嚷著。他們知道，一兩天以後，就可舒舒服服地坐在阿公懷裡看《陳世美不認妻》或者《孟麗君》。想想我自己真是不幸，從小到大都往在都市裡，不但不會享受過「爬樹摘果子，下水捉魚蝦」那樣的童年，甚至野臺戲也是到臺灣以後在臺北萬華一帶看到的。混身沒有一點泥土味，真是俗不可耐。還好，目認思想還相當中國，否則就更一無是處。

第二天黃昏再從那條巷子走過，野臺戲已經開鑼了。我聽不懂歌詞，不知道上演的是那一齣歌仔戲。只見臺上一男一女兩個演員，臉上擦了至少半寸厚的白粉和帶著藍調的胭脂，身上穿著已經有點陳舊的戲裝，正在手舞足蹈的唱著。男的聲音沙啞；女的卻像捏著喉嚨學貓叫。

臺下，總有一兩百名觀眾吧。每個人已帶一把椅子，一排一排坐著，幾乎把巷子堵塞住。

那些金水伯、阿梅嬸之流，個個仰著頭，張著嘴，露出了滿意的表情。他們懷裡的和身邊的小把戲們，有的在吮吸枝仔冰，讓黏黏的冰汁從手指流到手肘。有些在吃蜜錢的李子嘴邊都沾著一道紅色的糖液。儘管，吃晚飯的時間到了，都沒有一個人願意離去。

穿過一排排的觀眾，走到舞臺的後面，那可以讓人一覽無遺的後臺上，我看到有幾個演員在化妝。他們蹲在地上，一手捧著一面破鏡子，一手在臉上塗抹著那白堊似的白粉和帶著藍調的烟脂。另外有幾個卸了裝而還沒有洗去臉上化妝的演員，正蹲坐在矮凳子上吃飯。我清楚地看到，他們破舊的鋁製飯盒裡，只有幾條小魚和幾片染色的黃蘿蔔。

我一向都是躲在象牙塔裡，自命為學院派的人，對通俗的民間藝術不屑一顧。今天，不知怎的，對這簡陋的、俚俗的野臺戲，卻發生了興趣。我不覺得他們的表演幼稚，不覺得他們的歌聲刺耳。反之，我感覺到他們是我們民間藝術的傳播與維繫者。他們臉上白堊似的白粉和帶藍調的胭脂都可以入畫。

祖國的泥土特別芬芳，家鄉的月亮份外圓。可能是因為有感於我們的國粹愈來愈少，西方的文化幾乎已統治了我們的整個社會引起我的反感吧，我雖然人在國內，就已開始一些逐漸式微的傳統事物起了強烈的依戀之情。我懷疑，這些簡陋的野臺戲、俚俗的歌仔戲，還能存在多久呢？它們跟會用閩南語背唐詩的金水伯，記得福建薄餅的餡怎樣做的阿梅嬸一樣，都已垂垂老去了呀！

偶拾

鄰居的互惠

每天早上，我都是在一陣嘹亮、清脆而美妙的鳥鳴中醒過來，使我以為自己置身在山林之中。其實，那只不過是鄰人掛在後陽臺上的鳥籠中一隻金絲鳥的叫聲而已。那個人家的後陽臺與我臥室的窗口相距不過幾尺。於是，我就占盡了「近鳥樓臺」的好處。

我所住的這條巷子，幾乎家家都在陽臺上種花。其中有一家特別愛花，陽臺上繁花似錦，儼然一個小花園。我每次步出陽臺，視線便不期而然的移到這一家的陽臺上，凝望著一盆盆的姹紫嫣紅，像一隻戀花的蝶兒似地，留連不能去。這家的主人在天天慇懃澆水照顧之餘，可會想得到，他在陽臺上展出他的盆花，不止他自己一家可以欣賞，而他的鄰人們也可以受惠？

我家沒有養鳥，陽臺上的盆花也長得不夠美麗；但是，我們的電唱機每天都播出悅耳的音樂。這，恐怕就是我唯一可與鄰人分享的東西了。只是，我不知道我的鄰人會不會嫌交響樂的聲音太吵？也許，他們認為螢光幕上的靡靡之音才悅耳哩！

車上童言

我每天下班時，總會跟一大群小學生同車。這些小朋友，在上車時爭先恐後，上了車又像這蟲那樣亂奔亂竄，你推我擠，弄得秩序大亂，全車側目。

起初，我也為這些小朋友感到頭痛。後來，自從有一次跟一大群吃罷拜拜酒的俗客同車，忍受了二十幾分鐘的酒臭以後，我就覺得每天同車的那些小朋友一點也不討厭了。有時，我甚至以聆聽他們天真的笑語聲為一種樂趣。

在這群孩子中，有一個面貌很清秀的小男孩，似乎最受他的同伴擁戴。有一次，他們上車以後，這小男孩找到了一個座位，其餘的孩就把他團團圍住，作眾星拱月狀。

「今天我要給你們講一個很長很長的故事。」小男孩開口了。他聲音洪亮，態度從容，使得坐在附近的我，也為之側耳傾聽。

「從前有一個小孩子，他是他媽媽生的。」此語一出，車上立刻爆出一陣笑聲。

「廢話嘛！誰不是他媽媽生的？」他的小聽眾群起攻擊他。

「是你們要我講一個很長很長的故事的嘛！不說一些廢話，怎能夠長呢？」小男孩振振有辭地說。

望著小男孩那副可愛的模樣，我深深慶幸自己沒有寫過磚頭型的書，否則，我真會臉紅的。

自然美與人工美

少年時代，我曾經自鳴清高，自命不凡，一味崇尚自然，鄙視一切人工的美。我寫過一篇題名「瓦罐插花」的小文，認為花卉自有它本身的美，不需要用漂亮的花瓶陪襯。我對陰丹士林藍布旗袍具有異常的好感，認為只有它能襯出女孩子的天生麗質。我喜歡那毫無修飾、充滿野趣的山林景色，人工雕琢的名勝風光，不屑一顧。經過了這麼多年也不知道是自己思想了轉變了呢，還是由於週遭的環境起了變化我開始覺得自然美因是清新可喜；但是，人工美又何嘗不賞心悅目？

一個粗陋的瓦罐隨隨便便插著幾株不知名的野花，不錯是有一種拙樸之美。一個細緻的仿古瓷瓶，插著一束名貴的黃玫瑰，誰說這不是豔冠群倫？

臉頰紅如蘋果，胸前垂著長長的雙辮，穿著一件藍色的陰丹士林旗袍，這是抗戰期間的女孩子的寫照。光陰逝去了卅年，雙辮和藍布旗袍都變成了土氣的象徵。中分的垂背直髮、迷你裙、喇叭褲和厚底鞋，才表現出少女們青春的活力。固然，藍布旗袍和迷你裙並不是自然美和人工美的代表。這只是證明一個人的眼光會變（也許會受環境的影響）而已。

從前，我喜歡的是人跡罕至的深山、密林、清溪、幽澗；認為在大自然的景物中有了建築物的出現，便是大煞風景。如今，我可不作這樣想。一座長滿了野生植物和雜草的荒山比起經過人工有計畫的美化，在綠蔭深處隱現著幾幢漂亮的別墅的山林，到底是前者或後者更具美感呢？建築也是一種藝術。我們的天壇不美嗎？巴黎的凡爾賽宮不美嗎？梵蒂岡的聖彼得大教堂不美嗎？花園、公園、橋樑、亭臺、樓謝、高塔不美嗎？杭州的西湖、瑞士的日內瓦湖若不是經過人工的經營，怎會成為世界聞名的勝景？

當然，像我們臺北的新公園、香港和新加坡的虎豹別墅等等，設計得完全沒有藝術眼光，色彩紅紅綠綠的，庸俗不堪，固是毫無美感。但是，太平洋中那些海灘上只長著筆直椰子樹的島嶼，以及那些蔓生著熱帶植物的叢林，如此單調，又有何美之可言？

天然美與人工美孰美，是個見仁見智的問題，很難論斷。大抵天然美的景物比較樸素無華，宜於作國畫的題材，也較受胸懷淡泊的人和老年人所喜愛。而人工美的景物則比較濃豔，宜於入油畫，也較受一般世人所喜愛。

我在少年時代之所以偏愛天然美，可能是因為多讀了一些古人的田園詩（自己也胡謅過幾首）之故。如今，隨著年齡的漸長，塵俗的紛擾，一顆詩心早已消失淨盡，人也變得世俗起來。於是，我漸漸不能滿足於單純的青山綠水，寒江釣雪。我喜歡在大自然的景物中加入適量的文明：富有建築物、小橋、迴廊、噴泉、水池、石像……我覺得格調的都可以增加山水的嫵媚。

不過，我可不願用女人來比喻山水。西湖雖是「淡妝濃抹總相宜」，儘管山水可以濃妝；脂粉擦得太厚，把本來面目都遮掩了的女人我還是不敢領教的。

美的狩獵

在美的國度裡，我的雙眸是狩獵的能手，專門去捕捉悅目的事物。然後，用得來的美的感受來滋潤我的心靈，於是，我就會感到無限滿足與愉快。

* *

每日，我都必須驅車在十丈紅塵的市廛中穿梭四次。在悶熱車廂內，別人的眼光也許只追逐車窗外那些充滿誘惑鏡頭的電影廣告、少女裙下的玉腿，以及商店櫥窗裡面花花綠綠的商品。但是，我卻只會被人家陽臺上的盆花、牆頭一簇盛放的紫籐花、行道樹的濃蔭所吸引。

春末夏初的時候，有一條馬路上的木棉樹都開了花，橘紅色的、光滑如絲絨的碗大花朵，如火如荼的綻放在疏落挺勁的枝椏上。它的樹葉很少，然而，在藍天的襯托下，卻另有一番冷豔的風韻。於是，我的眼光就成為兩個獵者，每次坐車經過，必定緊緊向樹頂追捕一次。而夜晚的夢魂中，我就可以看到一幅用毛筆畫在宣紙上的南國之花——紅棉。

在公車上，無意中看到了一隻很美麗的手，它輕柔地搭在椅背上，像是倦飛的粉蝶，棲遲在樹葉上憩息。它是那麼白嫩、豐腴、柔若無骨，連一絲青筋都沒有，簡直像是羊脂玉雕琢而成。起初一瞥，我不禁驚為天人之手，許為上蒼的傑作。可是，當我看到它指尖鮮紅的蔻丹，還有手指上的鑽石戒指（也許是玻璃），我對它的美感便打了一個折扣。它固然美，不過，卻只是貴婦人、富家女之流，不事生產的手罷了。我還是寧願欣賞稍微纖細一些，手背微露淡淡青筋，沒有蔻丹和寶石作裝飾，但是卻會彈琴、握管和搦鈃的素手。

* *

我喜歡逛西書店和樂器行。當然，我愛書也愛音樂；可是，我逛西書店和樂器行卻是另一種美的狩獵。

絕對不是崇洋，我就是無法否認，人家的封面設計和印刷的確比我們強了許多。在我的眼中，布面燙金的精裝本像是一個首飾盒（裡面裝的不就是知識的寶藏嗎？）；就算是普及的袖珍本，也都小巧玲瓏。這些可愛的書，就是不看，放在架上作裝飾，也夠賞心悅目的。

用書作裝飾，雖然會被譏為附庸風雅，卻比掛滿了四壁明屋照片和裸女像高明不知多少。至於那些原版唱片封套的設計，更可說是美的極致，每一張都是一件藝術品。無論是白髮蒼蒼的指揮家的肖像；交響樂團演奏的鏡頭；芭蕾舞妙曼的舞姿歌劇的一個場景……；攝影的，繪圖的；黑白的，彩色的；無不盡態極妍，各有千秋。我往往站在這些唱片架子面前，癡癡望著那些美麗的畫面，流連不能去。然後，美妙的旋律就會嫋嫋自心靈中升起。讀遊記是臥遊和神遊。欣賞唱片封套，聽著無聲的音樂，也是神遊的一種吧？

新綠

經過了連朝春雨，偶一抬頭，我為枝頭突然冒出來的一大片新綠驚住了。

於是，每天坐車經過植物園時，我就貪婪地、目不轉睛地飽餐園內的秀色——那一大片悅目怡神的新綠。

該怎樣來形容大自然那枝神奇的畫筆揮灑出來的美妙彩色呢？它綠得那麼嫩，那麼鮮。不像湖水的藍；不像遠山的青；沒有琉璃的碧；也沒有土耳其玉的翠。它是淺淺的綠，微黃的綠，使人想到豆苗、蒜苗、香椿芽、筍尖、薺菜那類的春蔬。使人想到嬰兒的柔髮、孩童的嫩頰、少女的嬌顏……以及與青春有關的一切。

生命真是玄奧莫名！前幾天，路旁那幾棵我叫不出名字來的老樹，它們的枝椏本來是光禿禿的。一場春雨的滋潤，嫩綠的葉芽兒使急不及待，爭先恐後地茁滿了枝頭。遙想不久之後，夏日來臨，它們便會變成濃蔭一片，為行人遮斷炎陽了。

歲月流轉，冬去春來，樹葉落了會重生，新綠年年都有；所以，草木長保蓬勃生機。但是，一個人老了，為甚麼無法恢復青春呢？不斷地吸收新的知識，永遠保持著對生命的熱愛；知識是心靈上的雨露，愛心是精神上的陽光。它將會使你的心頭長滿一片新綠，忘卻老之將至。

晚上九點鐘

不知道從甚麼時候開始，晚上的九點鐘以後，變成了我一天中最快樂的辰光。這時，客廳裡每一道鵝黃色的窗簾都拉上了，原來蒼白的日光燈也變成了柔和的暖色。草綠色的沙發軟如草坪。調頻收音機所播放的美妙音樂流瀉一室。我往「草坪」上一靠，手中也許拿著書，也許拿著針線，眼睛在忙著，手也在忙著，全副心靈卻進入音樂的王國裡。就這樣，我有了無數寧靜的夜晚，也有著無數甜美的夢。

我是個愛靜的人，晚上的時光，我覺得必須屬於自己。交際應酬的場合我沒有興趣；喧鬧的夜總會和歌廳更是從不涉足。從前，當孩子們還幼小時，我在忙完了一天的公務和家務之後；晚上，只要有一個小時的清靜，讓我可以在書桌前坐下來，記記帳、寫寫日記、讀讀親友的來信、翻閱幾頁心愛的書、便於願已足。有了電視機以後，人變俗了，每晚非看一兩個影集，便忽忽如有所失，連帶影響到書也少讀。如今，雖然還是喜歡看水準高的影集；不過，假使調頻臺九時十分的音樂節目是合乎我的喜愛的，我寧可捨影集而聽音樂，因為音樂可以給我寧靜。

說到那部使我獲致快樂與寧靜的調頻收音機，還是我的大兒的「大手筆」。我家的音樂風氣是我一手發起，而由大兒發揚光大的。當年我欣賞古典音樂的方式很小兒科，二十年前的物質還非常貧乏，只靠著一部普通的收音機，我便可以自我陶醉。還好那時各電臺的音樂節目很多，而我這個初入道的人也不懂苛求。十幾年後，大兒上了大學，找到了家教，他有了收入，便覺得那部老爺收音機不能滿足他自童年便開始的樂的狂熱。於是在他的要求下，我買了一部手提式的電唱機，唱片則由他添置。幾年下來，他買，他的弟弟們也買，如今，我家的古典音樂唱片已上千。後來，他出來工作了，更是把他的收入幾乎全部用來買書和唱片；一部立體電唱機和一部調頻收音機就是他的「音樂財產」之一。他出國以後，把這些「財產」移交給他的弟弟；半年前，我的兒子全都離家了，遂由我接收過來。想不到，它們竟成了我快樂的泉源。

每天晚上九點鐘，一天的工作都完畢了，在上床以前，實在應該讓身心好好地鬆弛一下。這時，我就會打開中廣調頻電臺的頻道，聽十分鐘的英語新聞以後，就巴巴地等候音樂節目的出現。本來，以我家唱片之豐富，其實是可以自己放唱片來欣賞的。也不知是自己懶惰，還是懷著獨樂樂不如眾樂樂的心理，我寧願與其他無數音樂同好，各守收音機前，聆聽音藥節目主持人為我們選播的美妙旋律。從前，我只喜歡浪漫派的作品；如今我欣賞的範圍較廣了，除了現代作品尚不能接受以外，其他的樂派都一視同仁。而且，對古老的巴洛克音樂也頗為鐘情。所以，調頻臺所播的音樂，我大都喜愛。

晚上九點鐘。鵝黃色的窗簾已經拉上，燈光也變得柔和，草綠色的沙發綿軟如草坪，我開始享受每天快樂的時到。我的心靈滿足了；但是，我這個時間的吝嗇者卻不願雙手閒著。此時，如果看書閱報，每有一心不能兩用之感，編織和做針黹，則是最理想的工作。我看見很多母親們都忙著為海外的兒女編織衣物，自己也很想慈母手中線一番。無奈，一雙手生得太笨，編織出來的東西實在見不得人，也就只好找些脫了線的衣服來縫縫，釘釘掉了的扣，把窄的放寬，短的放長。總之，不讓一雙手閒著就是。平時，這一頻的工作是最煩人的；然而，有了音樂的陪伴，我竟樂而不疲。

我知道，世界上每個人所追求的幸福不同，所以我們很難為幸福下定義。而我，只要每個晚上有音樂，有安寧，似乎就感到頗為幸福，簡直單純得令我自己都感到驚詳。

懷古

在輕輕飄落著的，涼涼的春雨中，我走向那條我從來不會走過的道路。時間是午後一點鐘，氣溫不冷不熱，正是散步的好時光。這是一條偏僻而人車都很稀少的大街，路的兩旁都植有樹齡不淺的行道樹，一棵棵亭亭如華蓋。路的兩旁都是附有院子的大型日式平房，從牆頭伸展出來的那些枝葉繁茂的綠樹，在雨中顯得特別青蔥。在那被雨水沖洗得潔淨無塵的行人道上慢慢走著，思考著，真是繁忙的生活中最大的享受。

這種極端尋常的街景，也許不會有人注意到；但是，在我這個求「美」若渴的人看來，卻是一次意外的收穫。想想看，這種清靜的、沒有塵囂的街道，已經睽違了二十年了呀！

自從火柴匣似的高樓、蜂窩似的連棟公寓像雨後春筍般在臺北市的大街小巷中崛起；大大小小各式各樣的車輛鎮日穿梭在通衢大道上；汙染的空氣和各種噪音不分晝夜地威脅著百萬市民的生命安全，我們早就失去了寧靜的日子。不用說從前大陸上那些光潔無塵的石板街，在春晨裡飄送著如歌似的賣花聲的深巷只能夠在夢裡追尋。就是剛來臺時，在夕照中悠閒地推著小兒車從西門町一路蹓躂到新公園的福份也已不可復得。而現在，我居然發現了這一條還保存著「古風」的街道，又怎能不狂喜？

以我孤陋寡聞的看法，在今日的臺北市，還保存著這種「古風」的街道，恐怕已是少之又少。我曾經在溫州街的一些巷子中走過，那是很幽靜的住宅區，路旁的日式平房和行道樹都與我現在發現的這條馬路有點相似；不過，前者似乎還比不上後者的清靜。儘管我對日本的一切事物都無好感，同時也不希望臺灣留存任何帶有日本色的東西；可是，對這些保存著「古風」而又幽靜無比的街道，我卻在私心裡希望它們能夠繼續保持下去。否則，臺北市的市民真恐怕連想清清靜靜地走走路卻不可能。

偶然的一次散步，竟使我在無意中享受到春雨、綠樹和清靜無人的街道，我懷疑自己是不是回到二十年前的時光隧道裡。

人生三題

回顧白晝

讀紀德的《背德者》，書中的主人翁米修對他的妻子說：「……晚上，當我回顧白晝時，它是如此的空虛，如此乏味，以至我想讓白晝回來，一個小時一個小時再過一遍——這種念頭使我想哭。」

這幾句話令我震驚。世界上又有幾個人會這樣先知先覺的呢？今天，是個空虛的日子，但願時光倒流，再過一次有意義的一天。紀德的思想，真頗有孟子「吾日三省吾身」，以及陶潛「既已往之不諫，知來者猶可追」的意味。

我是個後知後覺的人。雖然每天都不敢懈怠，戰戰兢兢，唯恐殞越；但是，到了晚上，便像一般人那樣，把白天的一切丟開，渴望著身心的鬆弛，很少會想到「今天是不是白活了」這個問題。

秋月春花等閒度，虛擲光陰，虛擲人生。人的悲哀，莫此委甚。

高處不勝寒

我常常懷疑：那些名成利就的人，在他們的生命裡還要追求些甚麼呢？是更高的名譽，更多的財富嗎？假使有一天，他的聲望已如日中天，而世界上的財富已無法令他動心時……那麼，在他的生命中還有甚麼值得他去尋求的呢？

滔滔濁世，眾生營營擾擾，每個人的最終目的不外是名與利，更正確的說法，應該是利與名。窮人希望變富，富人希望有名；小有名器的人希望大大有名；因為名也可以為他帶來利祿。然後，當他爬到了高峯，一切都到了手之後，發覺高峯的上面是那麼寂寞，原來他已與人群脫節。而且，他已無法再往上爬，因為高峯下面就是無際的深淵。

高處不勝寒，這大概就是名成利就的人的寫照。所以，儘管名利是這麼誘人，還是留一些有餘的地步為妙。

擁抱世界

在晴朗的天氣裡，心情就會特別開朗而愉快；這時，我真是快樂得想擁抱這個世界。陽光是那麼溫暖；遠山是那麼藍；路旁的杜鵑開得那麼燦爛；要等候的公車今天特別準時而不擁擠。賣水果的老人多和氣；那位送米的工人又多麼有禮貌。世界原來是這樣可愛，往常為甚麼總是視而不見，而且還老是抱怨這抱怨那的？

不要讓天氣和環境影響你的心情。經常保持樂觀的態度，凡事心平氣和。這樣你就會永遠享有一個美好的世界，美好得使你想去擁抱它。

浮生四記

電視機失靈之夜

雖然我一向自命雅人，從來不打牌，不抽煙，也不跳舞，事實上卻是俗物一個；因為我從前是個電影迷，近年卻愛上電視。

電視實在是為我輩內向、好靜、懶惰而又不太甘於寂寞的人而設的。由於內向，所以不喜歡出去交際；由於好靜與懶惰，所以不願意出門；由於不太甘於寂寞，所以晚上也需要有點消遣。基於這種種原因，飯後浴罷，穿上一襲寬鬆的舊衣，往電視機前一坐，就被我認為是人生一大享受。漸漸的，看電視已成為生活中的一部分，一日不看，便忽忽如有所失。

不幸，最近我家的電視機失靈，不得不「住院治療」數天。更不幸的是，頭一天正值星期日，損失看電視長片的機會不用說，連我們最喜愛的《神仙家庭》和《法網恢恢》兩個影集都看不到，真是痛苦難熬。小兒子更是熬不往。三番四次的跑過來跟我說：「不知道達倫今天又遇到什麼倒楣事了？」「康理查這一次不知扮演什麼身分？吉警官會不會出場？」

我們住在郊外，附近沒有設有電視機的水果店，又不願意去打擾鄰居只好讓他獨自嘀咕。反正他聯考在即，正好藉此定定心，加緊溫習。

在四鄰的電視機交響中，我躲在房間裡，桌上攤開稿紙，心想：我也應該利用這個機會了結一部分文債吧？然而，我坐在那裡聽著四鄰電視機播出的廣告聲和音樂聲，卻是眼皮沉重而腦筋空白。一個鐘頭過去了，還是連題目也未著一字，只好廢然擲筆，到床上去尋夢。

為此，一連數夜，家裡都冷冷清清的，大家也全都無精打采地，只好提前就寢。想不到身為萬物之靈，卻被一具機器控制了，這豈不是文明的諷刺嗎？

從絢爛歸於平淡

我家陽盛陰衰，有四個兒子而沒有女兒。十幾年來，家裡不只熱鬧，而且吵鬧，甚至鬧得天翻地覆。想不到，自從四年前老大老三相繼住校以後，家裡就剩下二老二少，熱鬧場面從此不再出現。今年暑假開始，服役的服役，受訓的受訓，實習的實習，三子離家外出，家中人口更是銳減至只剩三口。多年來熱鬧而多姿多彩的家庭生活，忽然變得冷清寂寞，起初頗覺不習慣。

最大的變化是三餐。自從四個小男孩長或了壯丁之後，家中的食物一向都是多多益善，他們一律來者不拒，有多少就吃多少，很少有糟蹋食物的機會。如今，家中只剩一「丁」，人口減半，情勢就完全不同，使我這個主婦的大感為難。食物準備得太少，怕不夠；準備得太多，吃個兩三天都吃不完，到了最後，竟至望而生畏，即使沒有壞也只好倒掉。記得我聽過這麼一件有趣的事：有兩個相依為命的老姊妹，她們胃口極小，炒一個鷄蛋，兩個人兩餐也吃不完。現在，我便開始恐慌了，將來四個兒子都離家以後，我們兩老會不會也變或這個樣呢？

當他們全都在家時，我因為他們整天纏在身邊聒噪而感到厭煩；我討厭為他們縫鈕扣補破襪；我嫌他們的琴聲太吵；我怪他們把屋子弄髒弄我抱怨家務太繁……但是，將來他們全都離家以後，我的生活將會變或什麼樣子？現在似乎已可以想像得出。因為，目前不太明顯的寂寞以及些微的冷清，就是未來的預示。

絢爛歸於平淡，世事循環不息，人生就是如此。

開會

開會，恐怕是生活中最乏味最令人煩厭而又無可奈何的一回事了。在盛大的會場中，臺上的人道貌岸然地站在麥克風後面，或則大聲疾呼，喊得聲嘶力竭；或則唸唸有辭，自說自話。

臺下的人卻總是三三兩兩，交頭接耳，喁喁私語，在開「小組會議」。比較規矩一點的，或作老僧入定狀，訪周公去；或則腿上攤開武俠小說一本，與三山五嶽的劍俠們作神遊。除了必須筆錄的記者先生外，根本沒有一個人在聽。等到劈劈拍拍疏疏落落的掌聲從第一排漸漸傳過來，開「小組會議」的、打瞌睡的、看武俠小說的仁兄們，才頓然醒悟，也跟著下意識地兩掌相拍。於是，「在熱烈的掌聲中，大會圓滿結束」。

開會之苦，不是接受一連串的疲勞轟炸，而是等候開會。有些仁兄，天生沒有時間觀念，每會必遲；尤不幸者，國人皆有此本性，以致，大小會議，欲準時而不可。部分守時之士，不得不把自己寶貴的時間無條件地奉獻出來，枯坐苦候。想到那些由於自私而隨便糟蹋別人光陰的傢伙，真覺得他們的行為可恥。

有一些會，因為自知號召力不大，只好以摸彩、贈送紀念品會後聚餐等方式來招徠（目前，這已蔚為風氣了）；這樣一來，與會者當然醉翁之意不在酒。如此的大會，與某宗教以奶粉作號召廣招教徒之舉又有何分何？這種徒具形式，勞民傷財的會議，不如不開算了！

儘管我對這些會而不議，議而不決，有名無實的會毫無好感，避之唯恐不及；然而，一年裡頭，所參加過大大小小的會還是數不清。人到底不能離群而索居，有時亦只好委屈委屈自己。

蠹魚

不知從什麼時候開始，假如早餐時沒有一份報紙，午餐時沒有一本雜誌，我就覺得食不知味。

早餐時看報的習慣很多人都有，不足為奇；午餐時看書的習慣，則似乎還沒有遇到同道。午餐時多數是我一個人獨吃，由於沒有談話對象，我就利用這段時間，邊吃邊看書。這時我喜歡看大型的雜誌，因為它可以平攤在桌上，不必用手去壓著書頁，較為方便。內容最好是風趣幽默的散文或者較為輕鬆的短篇小說。這些佳妙的文章，可以當作小菜助我下飯；如遇到好文章，我會愈吃愈有味，往往超過了平常的食量而不自覺。偶然有一兩天沒有適當的書刊可供我佐膳時，即感到味同嚼蠟，胃口毫無。人說書報是精神食糧，像我這樣以書下飯的，豈不是變成了啃書、蛀書的蠹魚了。

讀書一得

每當讀書讀到佳句，除了如獲至寶，擊節讚嘆者再三外，常苦無人共賞。這些佳句或者是深得我心，或者妙語如珠，或者一鳴驚人，或者文采特美；總之，它們都能引起我的共鳴，激盪在胸臆之間，久久不能平復。讀書之樂，可說以此為甚了。

雋永的小品

出生在美國而住居在英國的現代散文家史密斯（Logan Pearsall Smith），擅寫雋永、精練、潑辣、機智而幽默的小品。我第一次接觸到他的文章，便深深地被他愉快、優美、簡潔的文筆吸引住。當我讀到他的小品〈未加工的象牙〉（*Green Ivory*）中的第一句：「每天早上醒過來的時候，發現自己還是同一個人，這多令人厭倦。我希望我是……」

好一個先知先覺的人！世界上有幾個人會在醒來時，討厭自己還是昨天的自己——依然故我呢？唯有那些求上進、爭上游的人會有這種感覺啊！因此，儘管我並不同意他希望自己是個偉大腹語家、世上最偉大的小提琴家以及有許多銀子等願望；但是我仍然要把這句話背誦再三，作為我的座右銘，希望自己有一天也能變成一個新人，而不再是目前平凡的我。

史密斯的另外一則小品〈邪惡的眼睛〉（*The Evil Eye*），描寫他自己躺在小舟裡在水上飄流時的感覺。其中有幾句：「我是涼涼的水，我是溜走的細沙和搖擺的野草，我是海，是天空，是太陽，我是整個無窮的寰宇。」好一副物我兩忘、超然物外的胸懷，這境界又多像莊周夢蝶！我常常覺得很奇怪，為甚麼古今中外的文人的思想大都一樣，難道他們的心靈是相通的嗎？

放翁的詩

少年時讀陸遊詩，就已十分喜愛。不過，那時喜愛的只是他「衣上征痕雜酒痕，遠遊無處不銷魂，此身合是詩人未？細雨騎驢過劍門。」這類比較抒情的作品。如今，人到中年，心境變易，心儀的反而是這位南宋大詩人的愛國情操了。每當讀到他那些忠君愛國，浩氣磅礡的詩句，總是由感動而激動自覺慚愧。像：

「逆胡未滅心未平，孤劍床頭鏗有聲。」

「一身報國有萬死，雙鬢向人無再青。」
「安得鐵衣三萬騎，為君王取萬山河。」
「一生未售屠龍技，萬裡猶思汗馬功。」
「壯士無復在千里，老氣尚能橫九州。」
「平生萬裡心，執戈王前驅，戰死士所有，恥復守妻孥。」放翁生當亂世，處境和今日的我們很相似。他的一生，寫了無數憂國傷時的詩句，到了「殘年垂八十」還寫出「何時復兩京」、「天地何由容醜虜」，「壯志未與年俱老，死去猶能作鬼雄。」這些慷慨激昂、擲地有聲的佳句。但是，我今日的詩人呢？

陸遊的讀書癖好，也是使我深具同感的。他的〈浮生〉一詩：「浮生過六十，百念已頹然。獨有就書癖，猶同總角年」；〈忍窮〉詩：「尚餘書兩屋，手校付吾兒」；〈村居〉詩：「父子還家更何事，斷編燈下讀唐虞」；〈白髮〉詩：「自憐未廢詩書業，父子蓬窗共一燈」；〈示兒〉詩：「人生百病有已時，獨有書癡不可醫」；〈南堰歸〉：「且復取書讀，父子窮相依」。如此純真的一個讀書人，真是傻得可愛！癡得可愛！

詩人與毛驢

近年來，無論在讀書或欣賞音樂方面，我似乎已不再喜愛那些徒具辭藻之美或只是旋律悅耳的浮華作品；但是，我對西班牙詩人希梅涅斯（Jimenez）那本《小毛驢與我》（*Platelo and I*）的鍾愛，卻是始終不渝。

我為他對他那頭小毛驢的感情之深厚而感動；為他那些如詩如畫（希梅涅斯本人也學過畫）的小品而陶醉。只不知道，經過一次文字的傳譯（我讀的是英文本）我到底吸收到多少他文筆的真髓呢？

他描寫他騎著他的小毛驢從樹林裡歸來：「……四月的黃昏正在消逝。那些曾在落日中變成透明金色的一切現在變成了透明的銀色，柔和而發亮有如白百合和水晶。不久，無垠的天空像是由一塊晶瑩的藍寶石變成了綠寶石，我憂傷地歸來。」像這類玲瓏剔透，影色繽紛的句子在書中可說俯拾皆是。

希梅涅斯描寫他和小毛驢之間的友誼：「我們彼此十分瞭解。我讓他到他喜歡的地方去，他也總是帶我到我想去的地方。」

「我對待柏拉特羅（小毛驢）像對待一個小孩一樣。假使道路變得崎嶇而我對他也變得過重時，我就會下來以減輕他的負擔。我吻他，作弄他，激怒他；他知道我愛他，對我從不懷恨。他是那樣喜歡我，我相信他和我做著相同的夢。」

我不知道不愛動物的讀者讀了這一小段是否無動於衷？對我而言，希梅涅斯這種仁民愛物的胸懷是令人感動的。

《小毛驢與我》這本小書光看書名，似乎並不動人；但是書中的篇名，卻極富詩意。譬如：「白蝴蝶」、「薄暮的遊戲」、「四月的牧歌」、「路旁的花朵」、「葡萄成熟時」、「夜曲」、「煙火」、「回聲」、「破曉」、「鄉愁」等，真想不出他怎能把這些美麗的事物和一匹其貌不揚的小毛驢扯上關係的？

隨筆三則

滾動之石

朋友告訴我：有人說她在工作方面頗喜「見異思遷」。關於這一點，她不否認。她雖然是個內向而好靜的人；但是在居留地和工作這兩方面，是會靜極思動的，她說：這正應了西諺所說的「滾動之石不生苔」，碌碌半生，頻頻變動，以至一事無成。

「滾動之石不生苔」這句話我還是從父親那裡第一次聽到的。父親是早期的留學生，也不曉得是因為他興趣太廣呢，還是環境的關係，在他的一生中不知轉換過多少種工作，從過政，經過商，也教過書。照理，以他的學歷和經驗，應該可以像他當年的同學一樣，官居要津的吧？可是，父親到了晚年，卻只是一個高中英文教員。那年，他老人家寫信給我說：「餘一生工作轉換太多，以至迄今兩袖清風，家無恆產。正所謂滾動之石不生苔是也。」言下，似乎不勝後悔之意。

為了要「生苔」，一個人真的應該在自己的崗位上守株待兔嗎？人往高就，水往低流。為了求發展頻頻更換工作，從另外一個觀點看來，是不是有進取心的表現？一個人到底應該像「江流石不轉」那樣積聚青苔，還是應該涓涓不息地「流水不腐，戶樞不蠹」？我感到困惑不解。

論武俠片

武俠片是國語片在一窩蜂的風氣中繼黃梅調之後興盛起來的。但是，它的命運顯然要比黃梅調幸運得多。自從興起以來，迄今已有數年之久，不但不見低落，反而似乎方興未艾。人們為什麼會迷上武俠小說和武俠片，誰都知道那是基於一種喜歡刺激的心理。這與人們喜歡看拳擊、摔跤等「肉搏」場面一樣，應該不是十分正常的。

我實在不明白這一類武打片有什麼好看。劇中人不論男女個個怒目橫眉，滿臉兇相；出現在鏡頭上的除了刀光劍影、血肉模糊，一片殺戮之聲以外，可說什麼也沒有。兩個鐘頭下來，除了可得到「好人勝利，壞人被殺」這種幼稚心理的滿足以外，我不知道還有什麼收穫。

也許有人因為外國人也喜歡看我們的武俠片而沾沾自喜。要知道，他們只是出於一種好奇的心理，當作是看連環圖畫，那裡把它看成是欣賞電影藝術呢？

一窩蜂的拍武俠片，不但表示我們的國語片製片人不求進步，而且還在開倒車。要知道，「火燒紅蓮寺」的時代，距離現在已經四十多年了。

我的願望

這是一個小學生作文的題目。但是，願望人人都有，從六歲的小學生到七八十歲的老人，誰又沒有一個白日夢或在對未來的憧憬？

少女希望嫁得金龜婿；大學生希望放洋；中年人希望名譽與財富；老年人希望身體健康、子孝孫賢。假如以職業來分類，那麼，受薪階級渴望升遷；商人冀求暴利；演員希望一夜成名；藝術家希望一鳴驚人。

我從小既無大志，又乏野心。活了半輩子，到如今似乎還沒有甚麼了不得的志願。假使一定要我的話，那麼，我可以用「讀萬卷書，行萬里路，寫幾篇好文章」這十四個字來包括。

讀萬卷書是每一個讀書人的願望；行萬里路——旅行是個人除了音樂以外唯一的愛好。至於寫幾篇好文章則希望是讀了萬卷書和行了萬里路之後的成果。只是，俗務羈人，這些不算區區之願，不知能夠完成否？

我見我思

最低的慾望

我剛剛搬到永和現在的寓所來的時候，門前的大馬路是新鋪的，那個時候的車子也沒有現在這樣多，加以四週都有綠地，所以空氣還算清淨。曾幾何時，馬路被自來水廠挖掘起來鋪設水管，接著又是工務局、電力公司，煤氣公司來埋這樣埋那樣的，四年來，這條馬路就沒有一天完整過。好好的柏油路面變成了一片混和著碎石與砂礫的泥地。使得我們這一帶的居民，又回到「無風三尺土，有雨一街泥」那種二三千年代大陸小城的日子。

現在，我門前這條馬路有七線民營公車在這裡設站，另外大小車輛川流不息。站在那裡等車，不到一兩分鐘，就弄得滿頭都是灰土。而家裡的家具、紗窗和地板更是無法保持清潔，雖然每日勤勞拂拭，還是沾滿塵埃。

在這「蒙塵」的日子裡，我忽然感到自己甚麼慾望都沒有了，我沒有想到要中愛國獎券第一特獎，也不希望自己的作品洛陽紙貴。我只望工務局能夠大發慈悲，馬上把我家門前的馬路鋪好，使我們這一帶的居民可以過過窗明幾淨的家居生活，出門見人時，也可以保持整潔的儀表。

說來奇怪，人的慾望有時真是低得可憐。沙漠中的旅人只須要一瓢飲；冬夜的流浪漢但望有一張溫暖的床。而我，一個往在臺北郊區的居民，卻只祈求有一條鋪上柏油的馬路。不能不算是奇聞了吧？

玩票與職業

那天在路旁看見兩個小女孩在扮家家酒。一張小板凳上擺滿了小碗小瓶小罐；一小片剪碎的樹葉是青菜，幾顆黃豆代表鴨蛋，兩隻小小蟚蜞像煞螃蟹，一小團棉花就是豆腐。她們玩得那麼認真，那麼起勁，引得我這個老兒童也忍不住駐足而觀，希望從她們身上，拾回一點點童年的歡樂。

扮家家酒是小女孩最熱中的遊戲，幾乎每一個女性在童年都會樂此不疲。然而，長大以後，無論是必須主中饋的妻子，或者是需要幫忙母親做炊事的女兒，我相信，很少人不痛恨廚房工作的。我想：這就是玩票與職業之分野吧？

我常常感覺到：無論做甚麼事，如果是玩票性質的，必定興致盎然，成績美滿；假使是職業性的，那就不免會因為日久生厭而流於敷衍塞責。所以，要想一個家庭主婦維持她對燒飯的興趣不墜；使一個辦公廳職員不至對他的刻板工作發生厭倦，完善的休假制度是非常需要的。假使一個家庭主婦每週可以休息一天；一個辦公廳職員一年有半個月的假期。使他們疲乏的身心得以有個恢復的機會使他們對本身的職業得以有玩票的心情。這對他們的工作豈非大有稗益嗎？

何必爭

在一些大家都不排隊上車的車站上，每當車子開來，我總是最後上車的一個，因為我最不喜歡與人爭。反正可以得上去的，有甚麼好爭？要是可能上不去，那麼，費那麼大的氣力，跟別人擠得一身臭汗才佔得幾寸立腳之地，為甚麼不乾脆等下一班車？更何況，欲速則不達，你爭我奪的堵住車門口，豈不是弄得誰也上不去？

推而廣之，在名利之途上我也是抱著這樣的態度。對名與利這兩樣人人所欲的玩意兒，我從來不會主動去爭取（這樣的態度也許是太沒有進取心了），更別說用手段去獲得。這並不是我自鳴清高，實在是我太不喜歡與人爭了。很多年前我看到過一副對聯：「忍片時風平浪靜，退一步海濶天空」，覺得它給芸芸眾生簡直是一記當頭棒喝。真的，天地這麼大，我們何必擠在一個小圈圈裡爭得頭破血流呢？置身事外，冷眼旁觀，豈不更超然一些嗎？

應以為榮

在螢光幕前看過很多次國際性的選美活動。每一次，我都覺得在那麼些美女之中，還是以黑髮黑眼的東方少女比較動人；而在東方少女中又以華裔的最為好看。

真是足以自豪的！雖然中華民國沒有參加，但是華裔的女孩並不少。代表香港、新加坡、馬來西亞這些地區的美女，全都是黃帝的子孫。看見她們站在碧眼金髮、高頭大馬的西方少女群中，除了身體較矮小以外，她們面目的娟秀、風度的優雅，在在都勝過一籌，不禁感到陣陣的驕傲。真想向世人大呼：「看，中華民族多麼優秀，我們的子孝遍佈全球！」

想到這裡，不覺又想到我們的僑胞。華僑的腳跡遍及世界上的每一個角落，美麗的漢字出現在世界上每一個城市的街道上。以前，大不列顛國由於她殖民地之廣而自詡為「日不沒國」。我覺得：以華橋在世界上分佈之廣，我們才是日不沒國哩！

中華民族是優秀的民族，我們的女孩子長得美麗，我們的子弟頭腦特別聰明，處處出人頭地。我們有幸身為中國人，應該以為榮啊！

輯二　樂韻

音樂是比一切智慧一切哲學更高的啟示……誰能參透我音樂的意義，便能超脫尋常人無法振拔的苦難。

——貝多芬

這，就是故園情

在某些「愛」國者的眼中，我一定是個很不「愛」國的人。因為我狂熱地喜愛西洋的古典音樂；我很少看國片；我喜歡西洋畫甚於國畫；憑這種種，是很容易構成我不維護國粹的罪名的。

然而，我忽然又「愛」國了，我忽然被幾首國樂曲子深深的吸引住，覺得單調的國樂獨奏竟也非常悅耳動聽，那是我偶然在一個電臺的音樂節目中聆聽了兩首二胡和一曲琵琶之後。

二胡的音色悲涼，而那兩首曲子的旋律又是那麼哀怨悱惻，它緊緊地扣住我的心弦，令我想起了易水之歌，想起了胡笳十八拍，想起了孤舟的嫠婦，想起了落魄的賣藝人，想起了從前大陸上的小城月夜。假使，當時的我不是正與家人樂敘天倫，真是會落下淚來的。而那首鏗鏘清越的琵琶獨奏啊！又使我想起了潯陽江頭淚濕青衫的江州司馬和蘇學士的千古絕唱〈大江東去〉。

聽古典音樂，也有十幾年的歷史了，其間，固然也曾被無數淒美哀愁的旋律振撼過我的心靈；可是，卻不曾像這次如此的受感動。我想：這是不是因為這幾首國樂獨奏曲徐緩而悽愴的調子配合了我中年人恬淡的心境呢？只是，為什麼我那攻讀西洋文學的、跟我一樣狂熱地喜愛西洋古典音樂的二十歲兒子當時也對這三首曲子著了迷？他本來一直在做著想學小提琴的美夢的，那天以後，他竟說：學不起小提琴，不如買一把胡琴來代替吧！

我想了又想：到底這兩首二胡獨奏和一曲琵琶為什麼一下子就把我們兩個狂熱喜愛西洋古典音樂的人吸引住呢？那，應該不單只是由於它的旋律淒清美麗吧？我想，我想，……啊！我明白了！作曲者跟我們，在血管中奔流著的同是炎黃華胄的血液，他譜出了我們中國人的心聲，這是我們中國人自己的音樂呀！

「此夜曲中聞折柳，何人不起故園情？」原來，那夜我和我兒子所興起的情懷，竟是故鄉情！

聆歌有感

從走出了中山堂的大門，到坐在公車內，乃至睡夢之中，〈旗正飄飄〉這首愛國歌曲雄壯、磅礡而優美的旋律，一直還縈迴在耳畔。我彷彿又回到我的高中時代，和另外二十多個同學一起站在學校禮堂的臺上，用我們的口，也用我們的心，唱出了這首豪邁的歌聲。當時，我們的血液在沸騰，脈搏在加快，我們雖然只是女兒身，但是愛國的豪情又那輸於鬚眉？也許就是基於這種心理吧？在那次的班際歌詠比賽中，我們就以這首合唱曲贏得了第一名。

事隔三十年，到如今，〈旗正飄飄〉的歌詞和曲譜，我還依稀記得。因此，那晚，到中山堂去參加了中廣公司主辦的「中國藝術歌曲之夜」，當熱情可感、達從臺中趕來演唱的「幼獅合唱團」用〈旗正飄飄〉來作為「安可」的歌曲時，我不禁感動得熱淚盈眶。我相信，座上中年以上的人一定與我有同感。當年，多少青年就是在這首雄壯的歌聲的激勵之下而毅然投筆從戎，走上報國之途的？當年，有多少悅耳而振奮人心的愛國歌曲可以給我們唱啊！像〈歌八百壯士〉、〈長城謠〉、〈玉門出塞〉、〈松花江上〉、〈抗敵歌〉……等等，都是水準極高的藝術歌曲。從某一方面說來，我們今日的國步遠比抗戰時代艱難，為甚麼卻到處都是靡靡之音？幾乎找不到一首可以媲美當年的愛國歌曲呢？

猶記十多年前，此間的電影院在開映前和放映後都會播放一些如〈空軍軍歌〉以及「打倒共匪殺漢奸」（歌名忘記了）之類的歌曲，一時，街上的三歲孩子，沒有人不會唱「打倒共匪殺漢奸」的。不要以為唱唱嚷嚷沒有用，日夜薰陶的結果，多少總有點激勵作用。

如今，連這些通俗的、像軍歌似的、易唱的愛國歌曲也聽不到了。電視機、唱片行、影院、歌廳、……大街小巷到處聽到的盡是肉麻、低俗的流行歌，唱的不是「愛」，就是「恨」。我的天！在那些寫作歌詞的人的心目中，難道世間上除了男女之間的愛恨以外，就沒有別的東西可以作題材嗎？不要以為人人都愛唱這些歌，只不過因為沒有別的歌可以唱，一般人才不得不藉著這些所謂「流行歌」來發洩胸中的感情罷了。

假使在大眾傳播事業中最有影響力的電視臺每天肯「犧牲」個十五分鐘到半個鐘頭的時間，請一些歌唱家（不論有名的或無名的）、合唱團（社會上和各級學校中都有），甚至小朋友們演唱抗戰期間的愛國歌曲，以及大家所熟悉的藝術歌曲，一面減少原有的流行歌曲節目。我相信，不久以後，三歲娃娃的口中，唱的將不再是〈玫瑰玫瑰我愛你〉，而是〈旗正飄飄〉和〈萬裡長城萬裡長〉或者〈中國不會亡〉了。

想到這裡，我的心頭愈感沉重。事實上，流行歌曲已是無孔不入。三歲娃娃固然會唱，六十歲老太太也會唱；街頭的小販會唱，而大學生也會唱。二十年來，大家已被這些之音弄得麻木不仁，而忘記了它們對於人心腐蝕的力量有多大。

我們今日正處在風雨飄搖的局勢中，我們需要的是雄壯的歌聲來換醒國魂。故國的河山在滴血，故鄉的親人在悲泣，我們的肩頭負有無比的重任，且莫殆世人以「商女不知亡國恨，隔江猶唱後庭花」之譏吧！

家庭合唱

很久很久沒有開口唱歌了。想當年學生時代，一本《一百零一首》裡頭的藝術歌曲和民謠，幾乎唱得滾瓜爛熟，真是不堪回首！

怎敢再唱歌呢？一個有著四個大孩子的母親，給鄰居們聽見了，不以為我是「瘋子」也會說我老天真吧？就這樣，年復一年的閉口不敢唱，偶而低低的哼兩句，竟發現自己本來並不響亮也不清脆的嗓子，已變得瘖瘂。

前幾天，弟弟和弟妹到我們家裡玩，飯後，因為沒有愛看的電視節目，弟弟夫婦就在客廳裡唱起頭來。他倆原是能唱的，而且也似乎寶力未老。他們一開口，丈夫也加入了，三個人唱得倒也不難聽，我在廚房洗碗，不禁也「喉癢」起來，試著應和一下，居然還可以跟得上。於是，匆匆把碗盤洗好，也趕出去參加。

叫來剛學琴的兒子為我們伴奏，四「老」就開始合唱起來。弟妹和我唱一部，兩個男人唱二部，我們就從聖詩、佛斯特的民歌唱到中國的藝術歌而且愈唱愈有勁，我們的歌聲可能干擾到鄰居看電視，但是，我們也顧不了這麼多。奇怪的是，此刻我竟不怕別人笑我老天真。

當然，我們唱得並不好。可是，使我開心的是，自已的歌喉並沒有完全瘖瘂；而且，當我打開那本《一百零一首最好的歌》時，竟有重晤故人之感，彷彿回到二十幾年前學生時代裡。

這是一個很快樂的夜晚，歌聲使我們都變得年輕了。這以後的兩三天，我一有空就會不自覺的低唱起來。

多年前看德國電影《菩提樹》。我對片中那個家庭合唱團就羨慕不已。孩子們還小的時候，我也常常和他們一起唱歌；可惜，長大以後，他們都變成了「不唱之鳥」，在家中絕對不肯輕啟歌喉（上音樂課是不得已），我想效顰組織家庭合唱團的夢想乃告成空。這也是我多年不敢唱歌的原因。

不一定人人都有天賦的歌喉；不過，張開嘴巴唱歌來發洩感情的本能卻是與生俱來的。做父母的要是能夠常常跟孩子們一起唱唱歌，家庭中將充滿了歡樂的氣氛。

我家的樂聲

儘管我們的家並不富有；也許，還有所欠缺。但是，多年來，充實著我們的精神生活，使我們過得非常快樂的，卻是那幾乎是終日不斷的音樂聲。

打從孩子們還在上小學的時候開始，音樂就已主宰著我們的家。那時，我們既沒有電唱機，也沒有任何一種樂器，音的來源，只靠一部收音機。不過，那個時期各電臺的古典音樂節目都很多，也很夠水準。我只要弄清楚了每家電臺的音樂節目時間，再一家一家的挨著收聽，於是，美妙的聲，就終日繚繞在我們的小樓上。

孩子們就是在音樂的薰陶下長大的。他們很小就懂得柴可夫斯基、布拉姆斯和孟德爾松這些名字，也都哼得出〈悲愴交響曲〉、〈大學祝典序曲〉和〈仲夏夜之夢〉的旋律。如今，老大已決定棄文學而學作曲，讀理科的老二和老四也熱愛古典音樂，無疑地是受了童年的影響。只有老三，因為住校五年的關係，受同學的薰染而迷上了熱門音樂；不過，據他告訴我，他對古典音樂的認識，還是班上程度最高的一個哩！

在那只有收音機的時期裡，孩子們都還肯開口唱歌（長大以後卻是死也不肯再在家裡口了）。常常，他們在他們的房間裡先唱了起來（唱的往往是當天或者前一天在收音機裡聽到的名曲）、我在我自已的房間裡應和。或者，我在廚房中洗碗時在輕輕低吟，他們聽見了，也加入一起唱。一時，高高低低、荒腔走板的歌聲在小樓中迴蕩著，也許鄰居聽見了覺得簡直不堪入耳，我們卻覺得快樂無比。尤其是老四，他那時只有六七歲，身體很棒，體格很好，唱起歌來聲音特別洪亮。他在一歲多的時候，聽見別人唱歌就會跟著哼，我們還以為他是音樂神童哩！後來，他雖然沒當成神童，卻會學收音機播出那西洋歌劇中男高音的唱法，會唱一小段〈鬥牛士之歌〉、一小段〈善變的女人〉和一小段〈冰冷的小手〉。每次，只要我們說：「來，唱Opera！」他就挺起堅實的小胸膛，張大嘴巴，直著喉嚨，模仿卡羅素、馬利奧蘭沙、吉利等人的歌聲，看了真令我們絕倒。只可惜，他上中學以後就絕口不唱；難道，這是「小時了了」的結果？

近年來，我們家的樂器已由一部收音機而增加了一部電唱機、兩三百張古典音樂唱片、兩支吉他和一架舊鋼琴，於是，家中的晉樂風氣乃到達了全盛時代。這些樂器，除了電唱機是我添置的以外，全是孩子們靠當家教以及省下零用錢和服兵役的薪餉積起來購買的，他們的苦心，也真是難能可貴。

從那個時候開始，紐約、波士頓、費城……乃至倫敦的交響樂團，魯賓斯坦、曼紐因、海菲茲，還有比約林、卡拉絲、瑪麗安德遜、維也納少年合唱團……這些名家，就成為我們廳堂中的貴賓；美妙的樂音經常縈繞在家中的每一個角落裡，使我常常覺得自己這個簡陋的家華美得像一座皇宮。從那一張張小小的唱片中，我們可以聽到卡內基音樂廳的盛況、大音樂家們談話的聲音、聽眾如癡如狂的喝采與掌聲，有時真像親歷其境。而那張吉利告別演唱會的實況錄音，更是感動得我流下了眼淚。為此，我們常常會由衷的感謝愛迪生偉大的發明，否則，我們怎能享受這種坐在家裡聆聽第一流音樂會的福分？

吉他原是老三買來學彈熱門音樂的。但是他不在家時，其他三個孩子便用來彈奏古典音樂的旋律。他們功課做累了，就會拿起吉他，隨意彈出他們心愛的調子，雖然沒有伴奏，也很好聽。我很喜歡吉他那種帶點懶洋洋的味道，最宜於無聊時抒情遣興。可惜自己卻是笨得怎樣也學不會今連多、瑞、米、法、梭的位置都搞不清。想聽吉他，只好托兒子們的福。他們常常抱著琴，帶著一副自負的表情跟我說：「媽媽，你想聽什麼我就彈什麼給你聽。」於是，我就會點〈綠袖〉哪，德布西的〈月光〉哪，巴哈的〈G絃之歌〉哪之類宜於用吉他彈奏的曲子，聽他們用不太純熟的單音，奏出自己心愛的旋律，而渾然陶醉。

我家擁有鋼琴的歷史很短，還不到一年。老大為了想學作曲，就幾乎罄其所有積蓄，買回來一架舊鋼琴。自此以後，家中更是琴韻琤琮不絕。除了老大練琴的時間外，家中其餘的人一有空間，個個都喜歡坐到琴邊去敲敲打打。連老爺也不甘示弱，拿出他三十年前學過幾首曲子的本領表演一番。但是，他會彈的一共只有幾首。除了〈聖塔露琪亞〉，就是〈平安夜〉，除了〈平安夜〉就是〈坎塔基老家〉。因此，他每次坐到琴旁，大家就要發笑，知道他又要「老調重彈」。

跟學吉他一樣，對於鋼琴，我依然是家中最笨的一個。除了老大，其他三個孩子全未學過鋼琴，可是，即使他們用單音來彈，聽來也很悅耳。對比之下，相形見拙，因此，我極少去摸鋼琴。儘管家中日夜琴聲盈耳，卻從來不是我的「演奏」。

在擁有鋼琴的日子裡，我家的吉他、唱機和唱片曾經一度被冷落。如今，老大離家，鋼琴也已搬走，它們又變成了老二和老四的寵兒。只要他們沒課在家，老二就會抱著吉他，輕輕柔柔地彈出一首又一首的小曲，吉他那種特有的、似乎很熱情、卻又帶點懶洋洋味道的音色，使得我們現在這個頗為清靜的小家庭渲染了一點拉丁式的浪漫情調，跟寶島炎炎長夏的永晝，也十分協調。

老四對古典音樂還只能算是剛入門，他每次要放唱片，總要先問我聽什麼。可惜，由於瑣事太多，近年對音樂的狂熱已漸減弱（也許是受了電視的影響吧！其實我只是個俗人啊！），每次，我總是回答他「隨便放吧！」於是，他果然每次不是放布拉姆斯的鋼琴協奏曲，就是放〈蘇格蘭幻想曲〉或者〈天鵝湖〉，因為，這些都是他最喜愛的樂曲。

儘管我都不懂音樂，也都是俗人；但是，我們家中卻終日響著交響樂、協奏曲、名家的演唱和演奏，還有拙劣的琴聲和口哨聲（孩子們自從不唱歌以後，就用口哨來代替）。長年有美妙的音樂裝飾著，我覺得我們的家簡直華麗得像皇宮一樣。

知音何處

「黃昏的星星，遙遙地在那深邃的藍天上……」

不知誰家孩子在吹口琴，〈黃昏的星〉的旋律反覆的飄浮在星期日寂靜的午後，飄浮在寂靜的後巷中。這熟悉的，柔美的旋律忽然使我呆往了，我想起了苓，那個我所認識的唯一的雅人。

我常常有這個感覺，在我認識的人中間，除了學音樂出身的不算外，真正喜愛音樂的人為甚麼那麼少呢？但是，苓卻是與眾不同的。她是復旦外文系的畢業生，離開學校以後，依然沉湎在英詩之中，而且愛好古典音樂。她有一個傳奇式的身世，我曾經不止一次的把她的遭遇揉進我的小說中。不過，最使我永遠懷念的還是那次聽她唱歌。

那是一個炎熱的黃昏，山城重慶的盛夏，熱得使人幾乎喘不過氣。但是，苓卻是在她的宿舍裡悠閒地捧著一本《一百零一首最好的歌》在低低吟唱，冰肌玉骨，似乎清涼無汗。我走了進去，她抬起頭說：「你會唱〈黃昏的星〉嗎？咱們來合唱好不好？這首歌二部合唱很好？」

〈黃昏的星〉這首歌我是知道的，不過我還不太熟，還不到跟人合唱的程度。我說：「我還不大會哩！」她白了我一眼說：「真氣人！這麼簡單的一首歌，就找不到人跟我合唱。」說著，就獨自唱了起來。她的音色很甜很脆，聽得我都呆住了。我央她再唱幾首給我聽，她卻不肯。她說她唱歌是為了自娛，要是有人在聽，那就失去自娛的原則了。

那年的秋天，抗戰勝利，我和苓分了手，到如今二十多年不曾見過面。但是，每次我聽見〈黃昏的星〉就會想到她，想到這位身世淒涼的真正雅人。

當我和苓在一起時，我對古典音樂的認識還是只懂得皮毛，後來，漸漸懂得多一點，也漸漸入了迷，就希望遇到同道。可是，不知道是不是自己孤陋寡聞，交遊不廣，到現在為止，我還沒有遇到一個像苓那樣有音樂素養的人。二十多年來，我不知道住過了多少個地方，卻是從來不會鄰居傳出來古典音樂的樂聲，到處都被靡靡之音流行歌聲充塞著。然而，每當有音會舉行的時候，門票為甚麼又那麼難買？難道喜愛古典音樂的人都寧願在會場中正襟危坐地聽演奏，而不喜歡在家裡扭開收音機或者放一張唱片來怡悅自己？又難道愛好古典音樂只是為了提高自己的身分，是名副其實的附庸風雅？怪不得我在七年前回香港省親，跟我分別多年的弟弟知道了我是個古典音樂的愛好者時，居然說我非常的「High Class」。我的天，假使聽聽古典音樂就是高級的話，那麼，那些低級的之音，何以大家還趨之若鶩呢？

以我而言，我是寧願在家裡聽唱片而不喜歡去參加音樂會的。因為唱片我可以隨意挑選，而音樂會的節目卻不一定是自己愛聽的。而且，水準高的音樂會並不多，票價既貴而又難買。低水準的我又不願去聽，演奏的會場也不夠標準。所以，儘管我是個音樂迷，一年之中卻難得參加一次音樂會。

由於自己是個音樂迷，當然希望遇到同好。很可惜地，這麼多年來，在我知道的，遇到的認識的人中間，與我同好的，簡直少得如鳳毛麟角。當我往在植物園附近時，曾經聽見對門有人吹奏單簧管，就認為同道而感到十分興奮。事實上，此君的吹奏生澀得令人不敢領教，只不過是個初學的學生而已。

去年，我發覺斜對的二樓上經常播出古典音樂，與我家的樂聲相應和。我和孩子倆都覺得很意外，因為這是從來不曾有過的現象。後來，我們看見有一個穿和服的日本中年男人出現在陽臺，又感到有點失望，原來是個異國人啊！這家人住了不久便搬了家。從此我家的古典樂聲，又得與四鄰的之音孤軍作戰了。

其實，我住的這條巷子的居民還不算太俗氣。附近有一位小提琴家，偶然也會在家練習露一手。還有一家人有一部風琴，平常彈的雖然只不過是〈念故鄉〉或者〈茉莉花〉之類，但是，我已覺得這一家人非常可愛了。最使我受不了的是後門對過不知那一家經常在放湯姆•瓊斯的唱片，那亂吼亂叫亂抖的歌聲，越過窄窄的弄堂，吵得我心裡發毛。此君的歌聲比起家家戶戶螢光幕上日以繼夜播出那些「哥呀妹呀」的流行歌簡直還要難聽。

當然，我們不愛聽鄰居播出來的流行歌曲和熱音樂，說不定，鄰居也嫌我們的電唱機太吵。只是，要聽交響樂和歌劇，音量卻非放大不行，否則，溫吞水似的，不聽也罷。現在，每天早上是我們欣賞音樂的時間。小兒子一起床，第一件事就是打開收音機，要是沒有愜意的音樂節目，他便去放唱片。所以，每天我一聽見有音樂的聲音，便知道是他起床；也可以說，音樂就是他的起床號。由於他的哥哥不在家，他也變成了我家裡音樂欣賞的主持人。說來好笑，我雖然是個音迷，但是卻連家裡的唱片也不會找，電唱機和收音機也輪不到我去開，因為一直都有比我更迷於此道的兒子為我服務。我家的音樂風氣原是我啟蒙的，十幾年來，青出於藍，後來居上，我的兒子們幾乎全部比我懂得更多。

說到我家的「音樂史」，當年卻是只有一部雜牌收音機。不過，由於那時各電臺都很注重音樂節目，像中廣、空軍電臺、復興電臺和警察電臺，都曾經有過很充實的音樂節目，使我們受益不淺。由於家中終日洋溢著樂聲之故，我的兒子們從小便知道了〈田園〉、〈命運〉、〈未完成〉、〈新世界〉……這些著名的交響曲的旋律，而最小的老四，居然在呀呀學語時就會哼出〈鬥牛士之歌〉的調子，使我們驚為神童。

靠著一部收音機來欣賞音樂，可說是我家的克難時期。好在，那時的誘惑也沒有今日這麼大，電視臺既未成立，家裡有電唱機的人也還不太多，所以我們也安之若素。這樣一直維持到老大進入大學，他對於古典音樂的傾心比我更加狂熱。他利用課餘的時間去當家教，又把當家教賺來的錢去學鋼琴學作曲，以及買唱片。從他進入大學、畢業後服役、當助教，以至出國前為止，他所添置的音樂財產計有翻版（包括豪華版的）唱片四五百張，立體電唱機一部、調頻收音機一架、舊鋼琴一部、有關音樂的書籍無數，頓使我家的音樂欣賞生涯達到了黃金時代。那個時期，我家除了放唱片和聽收音機的時間外，終日都是琴聲琤琮。聲如萬馬奔騰、氣勢澎湃的，必定是老大在彈奏。琴音柔美悅耳的，必是老二在玩票。他雖然還沒有學過，但由於他對音樂的熱愛，所以感情也就在指端流露出來。彈得極慢極慢，而彈的又老是〈平安夜〉和〈聖塔露琪亞〉的，則必定是孩子的爸爸。他少年時學過一個時期，丟生了數十年之後，如今老調重彈，手指已硬，翻來覆去的，常常引得我們發笑。

自從老大出國，老二老三相繼去服役，老四便自然而然的接管了那幾百張唱片。每天，他放，我聽；我雖然坐享其成，卻已開始擔憂，將來他去服役，我自己會不會從那幾百張唱片中找得到我想聽的呢？目前，我們母子二人的欣賞興趣可說完全是相同的。我們不愛聽呆板沉悶的古典派，我漸漸從浪漫派的喜好而推展到印象派和比較現代的作曲家。柴可夫斯基和布拉姆斯固然是百聽不厭，包羅汀、莫索斯基、西比留斯、德伏札克、德布西、理查史特勞斯的作曲，也使我聽得如癡如醉。史特拉汶斯基的〈火鳥〉和霍爾斯特的〈行星組曲〉，最近也成為我家的「熱門音樂」。這種興趣的轉移，一如我在文學上已厭倦了一板一眼的傳統小說，在繪畫上也漸漸能接受抽象派的作品一樣。

由於自己對音樂的愛好，所以，在執筆為文時就常常會不自覺的提到了音樂，有時也會得到讀者的共鳴。幾年前，一位留美同學曾經來信和我討論到音樂，後來，他回國以後，我們也曾見過面，不知道是因為我的不擅言辭呢？還是在座的人太多，我們卻沒有談到多少我們之間共同的興趣。

也許我愛音樂愛得太癡迷了。走到街上，如果那一家唱片行偶然播放一張古典音樂的唱片；或者在電視機上偶然聽到一段芭蕾舞的音樂，我都會欣喜若狂。事寶上，在我的感覺中！這麼多年來，我們似乎都只是在自己的小天地中陶醉在音樂裡，始終沒有遇到同道啊！

寫到這裡，我忍不住要苛責此間的電視臺幾句。廣播和電視都是提倡音樂最好的媒介。我們部分的廣播電臺算是在音樂教育上下過功夫（至少我們一家就是從電臺的音樂節目中認識了古典音樂的），但是，電視臺呢？除了，靡靡之音和開倒車的怪力亂神連續劇外，一些比較可以看的節目，都排在知識份子看不到的下午和深夜，至於音樂節目，更是少得不成比例，連「補白」的地位都沒有。又怎能怪知音人士愈來愈少呢？

去秋，我和一些女文友共同組織了一個合唱團，每星期聚會一次，合唱一些中學時代唱過的藝術歌。從歌聲裡，我們重溫少女時期的美夢，也忘卻了現實的煩惱。大家興致勃勃的，有人建議把合唱團取名「忘年」，也有人主張取名「忘憂」。可惜，這個合唱團在後來竟由於老師的出國無疾而終。不過，在那短短的兩三個月裡，它真的曾經給予我不少歡樂。

於是，我又想起了苓。二十多年了。她還是那麼喜歡唱歌嗎？她在那裡呢？啊！我所懷念的苓，你是否也像黃昏的星那樣，遙遙地在天之外？

聽曲

鎮日窮忙，過著驢子推磨般日子的我，好久好久，都把唱機和唱片冷落了。失去了每日音樂的薰陶，生活中總似乎欠缺了甚麼，有著說不出來的空虛與寂寞。有那麼一天，我了卻一筆文債（為了趕著完成篇稿子，我已有多日過著苦行僧的生活），而尚有半小時的空暇。這時，根本沒有經過任何考慮，首先進入我腦子裡的一個念頭就是：聽音樂。為自己泡了一盞釅釅的清茶，打開塵封已久的電唱機，選擇了一張好久沒有聽到而我十分愛聽的唱片——布拉姆斯的第二號鋼琴協奏曲放上去。當那音色朦朧的法國號吹出了夢幻般的第一主題時，我忽然全身都顫抖來，一直顫抖到靈魂深處，眼眶中也充滿了淚水。啊！我知道，這是我受到強烈美感的激動，也是如晤故人的喜悅。

文學、美術和音樂，雖是我最喜愛的三門藝術，但是我欣賞的範團不算太廣。尤其是音樂，我所喜歡的，幾乎僅僅限於浪漫派的作品；古典派的我嫌呆板，印象派以後的我又嫌不悅耳。而在浪漫派的樂曲中，那些太通俗的，太熟悉的又因為已失去新鮮感而引不起我的興趣；

所，剩下來我愛聽的樂曲實在已經多。我這個人真是難以取悅。

十多年前，當我剛剛開始接觸古典音樂時，我所崇拜的音樂家是貝多芬、蕭邦、舒伯特和維爾地。漸漸的，我對他們的作品太熟悉，竟然感到有點厭倦。現在的我，最熱中的是布拉姆斯、李斯特、柴可夫斯基等浪漫派大師們的作品，而旁及古典派的莫札特和印象派的德布西，因為這兩個人的音樂，一個明快歡樂，一個空靈飄逸，都是深得我心。

聆聽自己喜愛而不怎麼熟悉的曲，那真是人世間至高無上的享受。每當聽到一個似曾相識的旋律，我就會在內心無聲的喊著：「多美呀！原來是這樣的！」於是，我就在音樂給予我不斷的美感與新鮮感中陶醉了自己。

這種滋味，又與品嘗食物相似。以喝茶為例，我以前喜歡喝香片，後來喜歡喝鐵觀音，有一度又改嗜紅茶；最近，我卻喜歡起略帶苦澀的清茶來。喝茶如此，聽音樂也如此。我從小到現在都喜歡喝茶，但是對茶的種類卻喜歡有所變化；我對古的愛好始終如一，但是對各名家作品的選擇，卻時有不同。不知道這算是擇善固執呢，還是善變好新？

無論我聽音樂的態度是擇善固執，還是善變好新，它所給予我感受之深，除了一本好書或一齣好電影外，真是難以比擬。而其中滋味時雋永甘甜，除了同道知音之外，又待與何人說？

輯三　遊蹤

夫列子禦風而行，泠然善也。有五日而後反，彼於致福者，未數數然也。此雖免乎行，猶有所待者也。若夫乘天地之正，而禦六氣之辯，以遊無窮者，彼且惡乎待我？

——莊子〈逍遙遊〉

香江新印象

號稱「東方之珠」，引著世界各地千千萬萬遊客的香港，我和它睽別十七八年了。上個月底，我因為回去探親之故，作了一番舊地重遊。雖然逗留的時間不多，但是觀察所得，我仍然覺得有許多感想值得一書；我這些得來的印象也許很粗淺，不過，我相信關心香港的讀者們還是樂聞的。

表面的美麗

香港給予人的頭一個印象就是：它太美麗了，簡直美得迷人。當你乘船入口，當你從九龍乘渡海小輪到香港來，你就會看到，藍天、青山、碧海和無數色彩柔美的大廈在你眼前組合成一個童話世界中的仙島，於是，你就會情不自禁地愛上了它；但是，當你置身其中之後，美麗的仙島失蹤了，代替了的是狹窄的街道、古舊的電車和巴士、擁擠的行人。如果你再深入一些，你還可以看到山上高樓大廈的夾縫中的破爛小木屋、馬路旁到處可見的遠年危樓以及大街小巷中一堆堆臭氣沖天的垃圾。

夜香港又比白天的香港更美。黑夜把木屋、危樓和垃圾以及都市的罪惡遮蔽了，大廈窗戶裡的燈光和商店的霓虹廣告，把這個小島裝飾得珠光寶氣、彩色繽紛，使它看來更像神仙世界。一個晚上，我在域多利亞公園中散步，山上那些公寓式大廈的燈光是那麼璀璨閃耀，使得那些大廈看來都像是用寶石築成的，簡直使我看呆了。

說起公寓式大廈，現在香港的人家幾乎大部分都往在這種大廈裡了。這種大廈外表都很好看，同一幢大廈裡每一間住戶的露臺的欄杆都漆上不同的顏色，遠看非常悅目。同時，大廈的住戶似乎都喜歡種花，露臺欄杆上十家有九家都裝飾著花盆，更增加幾分藝術氣氛。可惜的是：不知道是住在這種公寓式大廈裡倒垃圾不方便呢，還是那些住戶欠缺公德心？公寓大廈露臺（香港人叫騎樓）下的行人道都丟滿了紙屑、果皮和廢物，早上清道夫才掃乾淨，不到一兩個鐘頭，又琳瑯滿目。住在這種大廈底層的人千萬不可把頭探出露臺外，否則，灑花的水、口沫、濃痰之類就會醍醐灌頂。有一次，我親眼看到，高樓上有人將一團包著一株枯謝植物的泥丟向街心，不偏不倚，正巧投中一部停著的小汽車。地塌天崩的一聲巨響，車頂當即凹陷，車主人張皇地憤怒地出來一看，上面幾十個露臺俯瞰著他，誰知是那一家幹的好事？除了乾瞪眼以外，又有什麼辦法？

香港的馬路旁，每一個電車站和巴士站都設有廢物箱和廢票箱，但是使用的人極少，街道滿是紙屑，車站上票根狼藉滿地；說起來，我們臺北的街道要清潔得多。不過，我要說一句公道話：我們的街道雖然比較清潔，可是空氣卻比人家汙濁不知多少倍。我在香港半個月，沒有聞到過煤氣，我在兩處人家家裡住過，洗臉時鼻孔都是乾乾淨淨的。

水荒、颱風、垃圾

很巧，我到香港的第一天即遇到「放長喉」（即整日供水家人告訴我，本來那一陣子是規定每天供水兩次的，因為現在水塘滿水了，所以香港政府來一次黑市放水，好使居民皆大歡喜。後來，香港遭遇到兩次颱風，水塘的水量更沒有問題，於是，香港居民一年多以來（也許是兩年）四天供水一次的痛苦成為過去，不管將來怎麼樣，起碼他們在相當時期內將不會再有「醃鹹鴨」之苦。香港的水雖然這樣寶貴，但是水壓很強，九樓、十樓，水龍頭一開來水即洋洋灑灑而出，不像我們臺北，住二樓的人都享受不到整天有自來水。

我們臺灣今年還沒有遭受到颱風侵襲，香港卻已遭受到四次（我在港時就碰到兩次）。香港地方小，颱風對它的威脅比我們更大。來一次颱風，就把他們弄得又忙又亂：木屋倒塌、山泥崩瀉、垃圾的清除成問題、吃青菜成問題……一切一切，都夠傷腦筋的。露比颱風之後，又碰上垃圾工人罷工，於是，無論大街小巷都堆起了一堆堆像小山似的垃圾，有些人家還必須踩過那堆垃圾才能進門；到處洋溢著臭氣、飛聚著蒼蠅，香港頓成臭港。莎莉颱風則帶來了豪雨，北角有一處山泥崩瀉，大半條英皇道淹滿了黃泥，使得電車停駛，行人有行不得之嘆，影響到北角與中心區的交通停頓了半天。

香港因為耕地面積小，蔬菜一向靠輸入，價錢本來就貴，經過兩次颱風，就簡直有錢也買不到青菜，多數人家的飯桌上都用罐頭蔬菜代替新鮮蔬菜。怪不得一掛出風球，就有許多人到伙食店裡去搶購罐頭，原來這裡面有文章！

最新與最舊

香港是一個古今中外兼蓄並收充滿了矛盾的大都市。它有最現代的設備和最時髦的人物，像無上裝，我們這裡連窗櫥都不敢掛出來，香港卻有人穿著了。可是，在另一方面，一大部分的家庭婦女仍然穿著廣東式的短衫褲上街。在西環或上環，一些做批發生意的店鋪、樓房、招牌和陳設，都還是祖父時代的老樣子，看了使人與懷古的幽情。

四大公司也是依然故我（只有大新公司要改建了）。其中的永安公司是我所最熟悉的，小時經常跟父母來買東西，對它的各部門幾乎熟悉得像自己的家一樣；如今，二十幾年後再來，它似乎並沒有什麼改變，男裝部、童裝部、皮鞋部……還都在老地方，只有女裝部增加了一個閣樓。在四大公司裡匆匆巡禮一番，它們「景物依舊」，而我個人卻已「人事全非」，能不感嘆？

香港不但揉合了最新的與最舊的、最時髦的與最土的，也有著最貴的與最便宜的物價。花一毛錢可以搭電車遊半個香港，可以在路旁的大牌檔吃一碗白粥，可以買到一份報紙，也可以買到一樣小玩具；但是，九龍尖沙咀的馬哥孛羅酒店是以美金計算的，聽說有人帶了兩千元港幣進去喝茶還不夠付帳。香港那邊的希爾頓酒店，房租每天一百元美金，闊綽的觀光客也不嫌貴。

市面一般情況

在上面我提到過幾次香港的舊樓房，那的確是太危險了。它們在每一條街道上存在著，從外面望進去：柱欲傾，牆欲裂，似乎早已不能住人了，卻仍然有人住在那裡，這真是香港市容的大玷。不過，這種舊樓是不會再存在多久的，現在到處都在拆，拆了立刻興建大廈，相信三五年後的香港，當可更加美麗。將要拆樓的商店，都把貨物堆成一堆堆的削價出售，門口貼著

「拆樓大平賣」（「平」即「便宜」的意思）的布條，倒也吸引了不少顧客。至於貨物是否真正便宜，那就只有老香港才會知道了。

我們常常嫌臺北的交通太擁塞太亂，香港原來也一樣。香港的電車、巴士很多，但每一輛都擁擠不堪，想擠上去並非易事；尤其是在上下班的時間內，等半個鐘頭是尋常事。

在香港，穿過馬路在我視為一件苦事，因為車子太多了。在每一條馬路上都有很多行人穿越線，不過那不是斑馬線，仍得讓車輛先行。在我所走過的馬路中，只有尖沙咀碼頭前有一條斑馬線；但是，香港的汽車沒有我們這裡的客氣，行人還得讓它三分。

香港沒有三輪車，卻保留著人力車。坐人力車的人很少，恐怕只有異邦人士，為了好奇，才會坐上去罷！

大家一向認為香港東西便宜，事實上，以我們這些臺灣客看來，並不見得比臺灣更便宜。人人都說利源東西街攤子上的貨品便宜，但那些都是土貨、次貨，我們在這裡，龍山市、圓環的攤子，也一樣可以買得到。至於大公司裡的物品：幾百塊港幣一個真皮皮包、一百多塊一件新式女裝羊毛衫、幾十塊錢一雙高跟鞋……，請用新臺幣換算換算看。

從女裝用品我又想到女人的服式方面。凡是流行的東西，都有物極必反的趨勢，流行了多次燙髮之後，現在香港的女人又時興直髮了。不過，她們的直髮當然不是女學生的「清湯掛麵」，直髮也有髮型，還是得花幾塊錢上美容院去做。隨著直髮的流行，香港女人又時興著顏色雅淡的衣服和無色口紅；假使你電燙著一頭如雲的秀髮，塗著鮮紅的唇膏，穿著花花綠綠的旗袍出現在香港的大街上，準會有人笑你是土包子。

搓麻雀和看電影是香港人最主要的娛樂。香港不禁麻雀牌，可以公開發售，香港人又好賭，因此，大街小巷一天到晚牌聲四溢。好在大部分人家往公寓式大廈，大門一關，彼此不至互相干擾。

賭馬原來也是香港人熱中的娛樂之一，不過近年來他們的興趣漸漸移向跑狗了。香港是不准跑狗的，只有到澳門去才可以過過賭狗癮；於是，每逢週末，港澳輪渡搭客常滿，當然其中絕大部分是賭狗人士。

至於電影，香港人士最喜歡美國片，尤其以歌舞、打鬥等夠刺激的最受歡迎，水準較高的歐洲文藝片、往往無人問津。國語片在港也不怎麼受人擁護，粵語片則自有他們基本的觀眾。近年來，日本片也漸漸在港打開銷路，我在香港時就有兩家影院在放映日本片。

一點感想

日本人真會做生意，簡直是無孔不入。當我所乘搭的四川輪駛入香港海面時，巨型的日本貨廣告牌就在高樓的樓頂上出現，什麼Toshiba、Toray等，入眼的起碼有五六個之多。當時我就想：日本人多厲害呀！果然，以後在我留港的半個月內，發現日貨在港甚為暢銷，而且也的確價廉物美。在銅鑼灣有一家專賣日本貨的公司，名叫「大丸」，規模極大，衣食往行所需用的東西，應有盡有。可笑的是：在三樓有一部專賣日本國粹的，居然兼賣起臺灣特產來，舉凡在這裡的臺灣特產館中買得到的，他們都有得賣，東西不大好，價錢卻比這裡高出一倍。據我所知（也許我太孤陋寡聞），在香港還沒有一家出售臺灣特產的商店，為什麼我們的商人不動動腦筋呢？

此外，我覺得我們的宣傳做得不夠了，在香港不但買不到臺灣貨品（我指的是普通商店裡的零售），看不到臺灣的書刊，甚至在報攤上買不到臺灣的報紙。那些日子我一直想找份中央日報看看都找不到，聽說只有在統一碼頭才偶然有得賣，但因我一直沒有經過統一碼頭，所以就只好抑壓著我對它的相思之苦，等回來再看了。我不明白，在香港看不到我們的報紙，是不是為了發行上的技術問題呢？

民國五十三年八月

初上成功嶺

這些年來，成功嶺三個字，在人們的心目中，已幾乎跟金門、馬祖一樣響亮。我有幸在金馬兩地都曾作過巡禮，可惜，成功嶺這比較近的地方，始終無緣訪問。儘管，從前年開始，我家每年都有一個男孩到成功嶺去受訓，而我每年也都收到集訓班舉行懇親會的邀請，卻總是沒有辦法抽空前往這個新興的革命軍人的搖籃地一遊。

今年，我家老三也受訓去了，也許因為他是老三吧！雖則已是個專科三年級的學生，我還是把他當作小孩子看待，對他的「遠離」，總是有點不放心。還好，他入營後寄回來的第二封家書便這樣寫：「……伙食很合我的胃口。生活既緊張又刺激，起初自然覺得有點苦，現在已漸漸體會到其中的趣味而感到很愉快了。……」是的，我對孩子們的確是太操心了，他已有三年住校的經驗，一定懂得照應自己的。何況，集訓班的主任王少將在學生們一入營之後，就給所有的家長寄來過一封語氣誠懇的信：「……本班全體幹部願以最大的愛心和耐心，熱誠的為學生服務，使貴子弟能在為期短暫八週的基礎教育中，除了接受嚴格而合理的軍事訓練外，更使能習慣於養成團體生活，培養其整潔簡樸的新精神。此外本班對於學生生活的照顧，身心的調劑亦均有妥善的安排，請貴家長放心，勿以為念。……」集訓班對我們的子弟如此愛護，孩子等於從自己的小家庭走進另外一個大家庭，又有什麼好擔心的？

第二週，又收到了集訓班寄來的信和請帖，邀請家長們去參加懇親會。這個懇親會，過去兩年我都因事錯過了。時機不可失，一誤豈容再誤，這次，我立下決心前往參加，一則看看孩子，二則瞻仰瞻仰這聞名已久的神聖革命基地。

六月廿九日，我和外子在清晨七點就趕到火車站，原來準備乘八點的班車前往臺中的，誰知，當天，每一班開往臺中的火車票全都賣光了。懊喪之餘，只好到公路車站去碰碰運氣。還好，金馬號還可以買到十點開那一班的票子，兩點到達臺中，勉強可當當天趕回來；若是再下一班，就去不成啦！

金馬號於兩點正抵達臺中。從公路車站望向火車站，遠遠就看見一道貼著金字的巨幅紅布橫條掛在最當眼的地方，下面是黑壓壓的人群。不用說，這就是集訓班備有專車接待家長到成功嶺的招待站。我們連忙趕過去，一看那上千的人群扶老攜幼的在那裡等候，心中就涼了半截！人這樣多，什麼時候才輪到我們上車呢？這時，已有許多乘機兜攬生意的計程車來招徠，說到成功嶺去的每人只要十塊錢。於是，我們以及一些性急的家長就上了計程車。開車沒有多久，馬上看見一連串寫著「專車」字樣的遊覽車向火車站駛去，總共有二十輛之多，那就是集訓班派來接家長的，我們的計程車錢是冤枉花掉了。

計程車從臺中駛向烏日，大約二十分鐘，就抵達成功嶺基地。在沒有來到之前，我以為成功嶺是一處荒涼的山野，上面黃沙滾滾，景色單調。誰知道，當我親身來到這個地方，看到的竟是個美麗的公園。成功嶺並不是山嶺，而是高崗。入門後，是一條長而寬廣的柏油大道，兩旁遍植樹木，非常壯觀；由於今天的盛會，路旁掛滿了國旗，更是顯得喜氣洋洋。這條大路相當長，略有坡度，兩旁條了綠樹以外，到處都是雅潔的草坪和整齊的建築物；假如你說它沒有花，不像公園，那麼，它起碼也像一所規模宏偉的校園。

在烈日下，我們喘著氣走了一大段路（計程車不能開進來，專車則把家長送到營房門口），好不容易走到第一營。我們問那裡的接待人員，第三營在那裡，接待人員一聽，立刻慇懃地把我們招呼上一輛正要開往第三營的專車。假使沒有這輛專車，我們真是無法找到兒子，因為成功嶺簡直大得無法形容，從第一營到第三營，行車也好像有十分鐘的樣子。

到了第三營，憑著番號，很容易就找到了兒子。半個月不見，想不到，他已變成一個雄赳赳的少年軍人。他長胖了，變壯了，面色紅潤、精神抖擻。看見我們來，高興得什麼似的，連忙帶我們到處參觀。他的軍裝又清潔又挺，走在路上，遇見長官就舉手敬禮，一副標準軍人的樣子，使我們做父母的暗暗自傲。

他們所住的營房是一幢幢狹長的平房，兩列雙層的舖位，中間是過道。他的槍掛在床後的牆壁上，擦得雪亮。他們的床上放著鋼盔，每個人的被子都疊得像豆腐乾似的，擺在固定的地方，看來非常整潔。每個營房中央，都有一間中山室，備有各種雜誌，供學生們閱讀。兒子告訴我，他們每晚在教室中還可以看一會兒電視哩！這樣說，他的精神食糧也是很豐足的啊！

兒子帶我們到福利社去喝冷飲，價錢好便宜！一瓶榮冠果樂才賣三元四角，比市面幾乎便宜了三分之一。福利社除了賣吃的以外，還設有撞球桌；喜好此道的孩子，來此當不愁寂寞。

今天的成功嶺既像在辦喜事，又像是舉行園遊會。到處的綠蔭下和草坪上，全是紅男綠女。他們冒著溽暑，帶著愛心，迢迢遠道的來探視自己的子弟，充分的表現出親子之情，真是令人感動。那邊，大操場上已擺滿了桌椅，密密麻麻的一望無垠，那是晚上大會餐的場所。據兒子他們這一期的學生共有五千多人，但是今天來參加懇親會的家長登記的卻有七千多人。那麼，晚上會餐時的人數將有一萬多了，那該是何等的盛況！可惜我們不能參加，因為我們已買好了五點半開回臺北的金馬號車票；否則，我們勢必要在臺中停留一夜而躭擱許多事情。

我們是三點到達成功嶺的，匆匆參觀了一下，替兒子拍了幾張照，四時，就不得不離開。從早晨到現在，除了一杯牛奶和一份三文治，我們還沒有吃過任何食物，因為緊張，竟也不覺得餓；現在，似乎不得不在上車前先吃點熱食了。今天，我花了十小時在路上（金馬號來回八小時，從臺中到成功嶺來回一小時，從臺北車站到家裡來回也靠近一小時），只博得和兒子團聚一小時，而且來去匆匆，累得半死；然而，這還是值得的，因為我終於看到了久已聞名的成功嶺。

民國五十七年七月

訪韓雜記

六月廿六日，筆者及中華民國筆會其他代表十四人，由臺北飛往漢城出席第三十七屆國際筆會，曾在韓國逗留了十天之久，所見所聞，有不少值得一記的。儘管近年來在各報章雜誌上有關韓國的報導已經不少；不過，每個人的看法和觀感都各有不同，我還是願意把自己所看到的角度向讀者們作一報告。

漢城印象

從金浦機場驅車入城，沿途景物與臺北大同小異；但是，公路兩旁楊柳依依，髣髴江南景色，令人忘卻身在北國。在飛機上時，聽見機長報告說漢城此刻的氣溫為攝氏十八度，大家都嚇了一跳。十八度已是臺北冬天的氣候，這叫身穿單衣的我們怎受得了？還好到了地面時，發覺並無寒意，短袖旗袍外罩一件薄外套正合適，與臺北的春天差不多。而同車送我們到旅館去，英語說得很流利的那位嚮導小姐也只穿著一件無袖的迷你洋裝而已。

車行將近一小時才抵達市區，這時，才發覺漢城之大。到了市中心區，看到了一幢幢到處矗立著的二三十層的大廈以及三層的高架道路，才又發覺漢城已是一個十足的現代化都市。

在以後的十日中，我發現在臺北被視為交通大敵的摩托車，在這裡幾乎是絕無僅有，腳踏車也好像沒有看到。甲種車輛的擁擠程度沒有臺北嚴重，但是喇叭聲也很刺耳。到處都是陸橋和地下道，即使想走到馬路對面，也要花不少的時間與氣力。要叫計程車並不容，必須走到設站的地方排隊等候，一如我們排隊等候公共汽車。市中心又到處是單行道，走路只要五分鐘的路程，坐計程車反而要兜大圈子。有一次，我從作為大會會場的朝鮮旅館坐計程車回到所住的大然閣旅館，本來只要走七八分鐘便到（那時我並不認得路），司機卻把我載到很遠的地方去。他不懂英語，我只好拼命把大然閣這三個字又寫又讀的讓他知道，他不斷的點頭，車子卻愈走愈遠，真把我急得滿頭大汗。最後，車子停在旅館門前，所花的時間已比走路還要多。

漢城的自來水可以生喝，旅館的洗臉盆上都設有一個供人飲水的龍頭。所以，旅館和飯館都不燒開水，想喝一杯熱茶都不容易。

此間物價也很貴。計程車起碼是韓幣六十元（一元美金可兌韓幣三〇六元），從觀光旅館門口直接叫的更要二百元起碼。在觀光旅館樓下的餐廳進食，一杯牛奶一百元，一份三文治三百元，一份自助餐一千一百元。有一次我們到一家華僑所開的飯館去吃餃子，十個蒸餃八十元，算是最便宜的了。「中華料理」、「華商×××」特別多，是漢城特色之一。儘管韓人現在極力廢除漢字，全部採用注音符號；但是街上隨處可以看到中國人開設的飯館的招牌。而他們的古蹟也處處有漢字。中韓原是兄弟之邦，同文同種，關係極深的啊！

漢城的另一特色是出門遇雨不用發愁。每次下雨，大街上每五步十步即有小孩在售一種以塑膠布為面，竹子為架，形狀猶如我們從前的油紙傘的簡便雨傘，每把五十元。但是，這種傘太不經用了。有一次，我所買的一把，只走了一小段路，便被風颳壞，傘骨全部肢解，只好宣告作廢。

正如我們的少女不作興穿旗袍一樣，漢城年輕的女性已不穿著韓國服裝（除了在正式場合以外）。街頭所見，也都是迷你裙的天下。不過，她們比我們保守得多，裙子的長度總是適可而止。上街而還穿韓國服裝的，就都是「歐巴桑」之流了。這是世界潮流所趨，普天之下莫不皆然。

在漢城十日，我們曾經到過所有的一流觀光飯店、著名的勝跡以及藝妲（Kissang）館，參觀過他的民族舞蹈，發覺他們既力求現代化的發展，而又能夠保存古風。偌大一個都市，摩天大樓與古廟併立，處處都有噴泉與垂柳，倒也是一個值得觀光客留連與想念的地方。

各國作家群像

這次在漢城舉行的第卅七次國際筆會，參加的國家及地區一共有四十個單位，貴賓、代表及觀察員共有兩百多人，人種更是黃、白、棕、黑俱全，儼然一個小型的聯合國。由於大家都住在同一的旅館（大部分住「大然閣旅館」，小數住「朝鮮旅館」），每日一同開會，一同赴宴，同出同遊，朝夕與共，根本不用介紹（每個人都佩戴著寫明姓名和國籍的名牌），不論男女老幼，自自然然就相處如老朋友，起碼碰面時也會打個招呼。

在十日的相處中，我覺得韓國友人對我最親善，最熱情。我相信，這並非由於他們是地主國的關係，而是因為同文同種之故。韓國的男作家們很多能講流利的中國話；女作家們則大方、活潑、能幹，給予我很大的好感。令人不解的是，韓國女人似乎永遠不老。一位年已六十的音樂教授，在晚會上穿著短短的洋裝載歌載舞，又甜美又可愛，看來只有四十出頭。兩位戴著眼鏡，斯斯文文，看來還像個大學生的女作家，一個自稱已經四十歲，一個說自己的孩子已上高中，簡直使人無法相信。

我以前對韓國服裝不甚欣賞，這次在多次的宴會上，發覺它的優美。寬袍大袖的形式表示出東方古國之風，而它那既輕盈而又挺硬的質料卻又能表現出女性的柔媚。當一群韓國女性站在一起時，雪白的、粉紅的、嫩黃的、淺綠的各色長袍爭妍鬥麗，真是出盡風頭。

泰國的女作家們在大會上也是很惹人注目的一群。她們人數既多而又服裝鮮豔。泰國代表團一共八人，而女性便佔了七個。我曾經跟她們之中的兩個談過話，發覺她們都是學養很高而且在社會上頗有地位的。她們的正式服裝是這樣的：短短的緊身上衣，有著窄長的袖子；下面則是長及足踝的窄裙。顏色多以金黃、紅、紫、黑為主，多姿多彩，充份表現出佛國情調。當她們成群出現在宴會上時，我們式樣簡單的旗袍便黯然失色。

我以前很喜歡越南女性的服裝，現在，相形之下，它顯然不如韓國和泰國的。越南代表團中有一位長得非常小巧的小姐，終日濃妝豔抹，非常的惹眼。即使去板門店那種荒僻的地方，她還是塗著厚厚的粉，戴著垂珠的耳環，穿著高跟鞋。據說她有著「越南沙岡」的雅號，她的小說極受年輕讀者歡迎，暢銷一時。但是，另外一位越南男作家又告訴我：「最受歡迎的作家並不見得就是最好的作家呀！」可見，擁戴年輕而善於修飾的女作家的心理，也是放之四海而皆準的。

美國作家態度隨和，不論男女，逢人哈哈笑，一見如故。

法語系的男士們，不論白人黑人，都是彬彬有禮，十足「尖頭鰻」作風。

除了地主國韓國外，日本代表團是人數最多的一個，連同貴賓川端康成，一共是三十九個人。他們之間不論在什麼場合，都是自成一個小團體，不大跟別人交往。他們的代表及觀察員，有很多根本不懂英語。有兩次，在專車上，我的旁邊都剛好坐的是日本女性。為了禮貌，我向她們先搭訕，她們卻只是尷尬的微笑示意。

板門店之行

七月一日，韓國筆會為各國代表安排了一次前往板門店參觀的寶貴機會。上午十一時許從漢城乘坐遊覽車出發，由一名文質彬彬的美軍充作嚮導。車子向西北方向行駛。沿途鄉村景色一如大陸北方，鄉民穿著白色古裝，住的都是中國式的瓦房。

將近下午二時，經過汶山之後，到達板門店美軍防衛地區。在俱樂部中略事休息後，當嚮導的美軍即在一小型的戲院中為我們作簡報。各人在一份志願書上簽名後，各領到一個寫著「Guest」英文字的名牌。美軍詳諄囑咐大家必須將名牌掛在外衣上，並且不可離隊單獨行動。他說：以前就曾發生過遊客離隊被北韓拖過去以及射殺的不幸事件，所以務必小心。

簡報後，改乘軍用巴士前往邊界，沿途寂無人跡，一片荒涼。這裡就是所謂的ＤＭＺ地帶，也就是非軍事地帶Demilitarized Zone，亦即是中立地區。ＤＭＺ地帶長達一百五十一哩，寬度是四千公尺。西面從漢江口開始，向東北延伸至北緯三十九度。這道新的界線，使南韓的土地擴充了一些，但也是把韓國分為兩半的悲劇性象徵。

ＤＭＺ地帶一共有三道界線，在第二道與第三道界線之間的一座小山上，有一座新建的「自由屋」，以及一列幾間很整齊的小木屋，有漆或藍色的，有白色的。藍色木屋屬於自由世界，白色則是北韓的。我們走進中間那間藍色的木屋裡，就是當年簽訂停戰協定的地方。長條桌子、椅子、麥克風等仍照舊陳列著。桌子上豎立著兩面小旗，一面是聯合國的，一面是北韓的。大家圍著桌子或站或坐，聽美軍娓娓講述當年簽約的詳細情形，不禁感慨系之。歷史遺跡仍在，我竟能親臨其境，真是平生最寶貴的經驗。

木屋對面的「自由屋」，門前有兩名美軍在站崗，看樣子只有二十歲左右。想到他們正在求學年齡卻要離鄉別井遠赴海外服役。誰無子女，美國人為維護人類自由所付的代價不可謂不大。「自由屋」中間是一座兩層的亭子，可以遠眺。兩邊是兩間小小平房，陳列著南韓的產品以及好些宣傳圖片。看來，板門店也變成觀光勝地了。

木屋後面約十餘步的距離，是一座小山丘，上面有一個小亭，裡面坐著幾個穿著黑色軍服的北韓軍和老百姓，目不轉睛地望著我們，但是臉上卻全無表情。稍遠的地方另有一座小亭，外面站著一個北韓軍，拿著望達鏡不住地在看我們。後來，當我們離去時，美軍在車底下發現一根很大的生銹鐵釘，不知道是不是北韓軍扔過來想把車輪刺破的。據說以前也有用石頭扔過來的事件，足證他們只是一些無聊的小人。

離開木屋，美軍又帶我們走到山崗上一個木造的看臺上眺望。在這裡，可以清楚地看到作為邊界的小河和一道橋。這道窄窄的小河，就把韓國分成了兩個世界。美軍准許大家隨意拍照；於是，帶有照相機的代表們，無不紛紛獵取珍貴鏡頭。

難忘的午餐

在筆會開會期間，幾乎每天中午和晚上都有人宴請。各豪華的觀光店、總統官邸、賓館我們都去過了；然而，給我印象最深的，還是梨花女子大學校長所邀請的一頓午餐。

梨花女子大學成立於八十四年前，現有學生八千多人，科系齊全，是世界著名的女子大學之一。抵達後，先參觀了她們的博物館和畫廊。學生們的繪畫和雕刻大都是現代作品，水準甚高。

午宴在校園的草坪上舉行。樹蔭之下張掛著薄薄的涼蓆，擋住了炎炎夏日。數十張長餐桌鋪著白桌布，點綴著鮮花，氣氛異常高雅。飯菜是道地韓國式的，有金漬（韓國泡菜）、炒牛肉、炸蝦、炒雜碎、麥茶和五味，全都是學生們親烹飪，用精緻的漆器盛菜。不管味道如何看起來卻極具美感。席間，有音樂系學生組成的五人絃樂隊演奏莫札特的〈單簧管五重奏〉助興，又有已畢業的學生獨唱歌劇選曲，更襯托出這頓午餐情調的優美。殺風景的是，同席的一位菲律賓代表竟大叫古典音樂太高級了，他不懂欣賞，要求為他唱一曲〈黃襯衫〉（他剛好穿著一件黃色香港衫），韓國女孩子也真夠大方活潑，聽了這個俗子的話不但不生氣，而且還笑咪咪的走過來請這位仁兄自己表演。這位仁兄開玩笑說他的嗓子在今天早晨丟掉了，於是，年輕的女聲樂家竟紆尊降貴的為他唱起流行歌曲〈黃襯衫〉。

在我們這一桌作主人陪我們的，是梨大的一位教英文的女教授。她的英語極為流暢不用說，最難得的是她風度高雅，應對得體，那位非律賓男士的態度有點輕薄狂妄，但是她都能夠很圓滑而不卑不亢地應付過去。這位女士寫得一手秀麗的漢字，我請她在菜單上簽下她的芳名，以作留念。

燦爛的陽光，如茵的草地，鮮花、音樂，異國情調，加上高雅的主人，這真是一頓令人難以忘懷的午餐。

南下釜山

釜山是韓國最南端的海港，也是海水浴的勝地。國際筆會的會期結束後，作為地主的韓國筆會，又招待全體代表到釜山去玩，還順便參觀慶州和大邱的名勝古跡。

從漢城到釜山，要坐五小時的飛快火車。火車中有冷氣有餐車，座位寬敞，頗為舒適。

抵達後，全體代表被安置在海雲臺的極東旅館。旅館就在海灘旁邊，從房間裡推窗即可看見大海，真是渡假的好去處。

午飯是在旅館樓下的中國餐廳吃的，標準的四川菜，十分可口。最妙的是，起初跟我一起在中國餐廳進食的，只有香港代表團和越南代表團。後來，幾乎所有的代表都來了，歐美人、印度人、黑人等等都湧了進來，不止座無虛席，後至者甚至向隅。而對面的西餐廳卻無人問津，足見中國菜之受人喜愛。

飯後，我們幾個人陪著林語堂博士夫婦在海灘上散步。這時，林語堂博士竟變成了萬人矚目的大明星。成群的男女學生向他包圍著，要求他簽名，為他拍照，簡直是寸步難行。當然哪！在這次國際筆會的作家群中，還是林博士的名氣最大。川端康成雖然得過諾貝爾獎金，但是知道他名字的人卻並不太多哩！

海灘景色平平無奇。由於路旁那一列賣海鮮和紀念品的小店，更使得這海灘有點髒。路上有好些替遊客拍照的商人，不斷的追逐著我們，也很惹厭。他們僅僅學會一兩個英語單字，對女客也稱為sir，令人啼笑皆非。

在釜山的那個晚上，大雨不止，使我們無法外出，只好坐在旅館的房間裡看海水在黑夜中洶湧。

第二天，才有機會坐在遊覽車上對釜山市區作一次巡禮。這是一個新興的都市，處處顯示出蓬勃的新氣象。郊區有許多傍山而建的小巧玲瓏的住宅，看了頗為羨慕。此間的鄉村有一個特色，房子的屋頂紅、綠、藍、粉紅等各色都有（日本也是如此）。由於這些色彩調配得都很俗氣，看起來非常刺目。我覺得還是灰色的屋瓦與綠色的大自然較為相配。

今天的行程是：上午參觀韓戰陣亡英雄公墓，然後到廣州參觀肥料廠。公墓種滿了巨型的玫瑰花，美麗得像個公園。肥料廠的規模很龐大，設備相當現代化。舉行簡報前，每人先送上一杯冰凍的可口可樂，這簡單的招待，對於坐了兩小時車子的我們，真是比什麼都好。而負責簡報那位先生，口齒清晰，說話乾淨利落，五分鐘便結束，不至令人感到煩厭。這兩點，頗值得我們參考。

整個下午，載著一百多名代表的四部遊覽車（有一小部分代表沒有參加這次旅行），就在韓國南部的公路上奔馳著。從蔚州而慶州而大邱，參觀了高山上的佛像、古廟、國立博物館、觀星臺、皇帝的陵墓等等，可惜時間短促，只能走「車」看花，而不能細細觀賞。看到人家把古鎮保存得這麼好，不禁又想起了大陸的家園。什麼時候，我們能以驕傲的心情，帶外國朋友去參觀我們北平的故宮、中山陵、峨嵋金頂、廬山、西湖……，還有黃花岡？思之不覺悃然。

中國人到處受歡迎

過去，在別人的文章裡，常常可以讀到在海外的中國人到處受歡迎的小故事。這次，自己有機會到國外去，果然也親身體會到這種經驗。這時，真不禁以自己是一個中國人為榮。

由於我們穿著旗袍，而胸前又別著註明是中國代表的名牌，走到街上，總會受到路人的注視。遇到能講英語的，就會走過來搭訕：「你們是從臺灣來的嗎？臺北真是一個好地方！」

有一次，香港代表團的熊式一博士跟我們一起走進一家觀光飯店。熊博士經常身穿中國式長袍，很受人注意。這時，一個西洋人走過來，用生硬但卻很清楚的國語對他說：「你是一位神父嗎？」

「我不是神父。我是一個讀書人。」熊博士回答了又問：「你是美國人嗎？」

「我的臉孔雖然是美國的，但是我的心是中國的。」那位高大的美國人這樣回答。

接著，他又告訴我們他是一個退役軍人，抗戰期間曾經在中國作戰，深深的愛上了中國。這次，很高興能夠在此地遇到中國友人。於是，我們請他有機會一定要到臺北去觀光，然後一一握別。

在各國代表中，有一位嫁給美國人的法國女士，學過一年中文，會說幾句中國話。每次碰到，總要表演一番，並且請求改正。當然，我也不會放過宣揚自己文化的機會。

韓、日兩國中年以上的男代表，能說中國話的更多。一碰到面，就會跟我們像老朋友似的攀談起來，津津樂道他們當年在大陸上唸書或工作的往事。顯然的，他們都對我們這個有著五千多年文化的東方第一大國非常的眷戀與仰慕。

離開漢城後，我們到日本去。走下飛機，才踏進機場的檢查關卡，那個似乎面無表情的日本關員一打開我的護照就伸出大拇指說：「Taipei good!」這是何等的恭維！於是，我就用日語回敬了一句「阿裡阿多！」

後來，我們在大阪的地下鐵（日本人稱地底電車為地下鐵）裡面，因為人擠沒有座位，兩個看來像是鄉下人的日婦，一定要把我們手中所提的手提袋及包裹接過去，以減輕我們的負擔。

又有一次在大阪，我們從外面叫計程車回旅館，因為那個計程車司機不認得路，我們只好先行下車。想另外叫車時，怎樣也等不到。剛好路旁停有一部自用汽車，我們走過去向汽車主人問路，這位中年男士不懂英語，我們把旅館名字寫給他看，他立即叫我們上車，親自把我們送到旅館門口。這在他看來也許只是一樁小事，但是對我們這群迷路的異國人，卻無異過到救星。這位好心腸的人，做了一次多麼有意義的國民外交工作啊！

日本人對中國人友善，這是題外的話，只能算是訪韓的外一章了。

民國五十九年

扶桑行

漢城的國際筆會會期結束後，我國代表團的一部分代表——團長以及六位團員，取道東瀛返國，順便參觀萬博會。總計在日本停留了五天半，東京兩天，大阪三天半。時間雖短，但也馬不停蹄的跑了好些地方，看了不少東西。爰為之記。

東京兩日

在東京，我們住的是第一旅館（Dai-Ichi Hotel），據說是東京最大的旅館，但是房間之小，實在驚人。一間每日租金四千多日元的雙人房，除了兩張小床、一間小得不能再小的浴室之外就只剩下僅容一人通行的過道。在漢城時我們住的是相當寬大的套房，一旦住到這個小房間裡，頗感侷促。

不過，這種房間，卻是麻雀雖小，五臟俱全。它有著冷氣，電視機（要錢幣進入一個特設的機器能收看）、收音機、電話、冷熱水龍頭等設備，毛巾和床單被單等都每天更換，達到觀光旅館的水準。最妙的是，我們所住的房間因為是屬於這個旅館的新廈部分，必須先乘自動的樓梯上去，走一段路，再轉乘電梯才能到達。有事出門，如果忘了東西再回去取，起碼得花十分鐘。而過道又是抹角的，剛到時，總是走錯路。我戲稱這種既要乘自動樓梯又要乘電梯的走法為「轉車」，覺得從旅館房間走到大這段路程並不比我從永和的家裡到西門町方便。

旅館的樓下附設有各種餐廳和商店，倒是非常方便。最使遊客稱便的是遊覽服務。在這個部門裡，遊客只要報個名，或者先買張票，就可以參加各種不同的遊覽團。所以，即使是一個不懂日語而又第一次到東京來的遊客，也可玩得很痛快。

在東京的兩天裡，我們就參加了兩次旅行團，因為這是無論在時間上和金錢上都是最經濟的遊覽方法。

我們第一次參加的旅行團是半日的，票價一千五百元。參觀的目的地是東京鐵塔、世運會場、皇宮外花園以及茶道表演。對東京鐵塔我並無好感外形看來有點像只上了橘子色的底漆而還沒有完工的鐵架一樣。塔高三三三公尺，日人常以他們的鐵塔比巴黎的埃菲爾鐵塔還高出十三公尺而自傲。當然，鐵塔除了本身收接播送電波的功用以及作為瞭望臺外，它的下面各層還有屋頂花園、遊樂場、科學博物館、餐廳、商店等，規模極大，的確是一個觀光行、遊覽的好去處。

在東京鐵塔的下面，導遊小姐跟全體遊客合拍了一張「立即可取」的彩色照，並且免費贈送各人一張，作為紀念。這位導遊小姐，貌不驚人，平平凡凡的像個家庭主婦或者店員；但是她的英語純正，口齒伶俐，予人好感。她在車上一直口若懸河，絕無冷場。當她談到現代日本人的生活時，她說：五C已成為現代日人生活中所努力追求的目標。所謂五C，就是Color TV（彩色電視），Car（汽車），Cooler（冷氣機），Cooker（自動炊具），與Country Garden（鄉村花園）。從這一點看來，日本人倒是蠻會享受的啊！

世運會場和皇宮外花園只是走馬看似的匆匆一瞥。茶道則是在一所日本式花園裡面舉行。茶道之前，主人先讓我們欣賞了一會兒日本古樂。一個身穿和服、容貌秀麗的日本少婦跪在榻榻米上，輕輕地、慢慢地撥動著一具古琴的琴弦，發出冷冷的、幽幽的、簡單的旋律。令人想起了「冷冷七弦上，靜聽松風寒。古調雖自愛，今人多不彈」這首詩。

茶道舉行之先，女主人先分給人每人一小塊日本式的糕點。然後，她在爐上慢慢的烹煮茶汁，再慢慢的分倒在一個個茶碗裡，然後又一碗碗的捧到客人手中。這時，導遊小姐不厭其詳的告訴大家，喝茶時必須把茶碗有花紋的那一面向著主人，以表示尊敬和禮貌。當茶碗送到我的手中時，看見碗底淺淺盛著一灘深綠色的濃濃汁液，而且還冒著白色的泡沫，根本不像是茶。為了好奇，勉強喝了一口，味道苦澀，而且微帶腥氣與鹹味，跟我們的濃茶根本不同。怪不得同行的遊客個個皺著眉，紛紛把碗放下，不過，無論如何，我們總算嘗過了這種異國風味。

在東京所參加的第二次遊覽是去皇宮東花園、國會大廈、淺草的金龍山寺，還參觀日本古裝新娘服的表演。日本皇宮的花園其大無比，分為內、外、東、西等園，外面還有護城河圍繞著。花園之內，並沒有什麼特別的景色（有西式和日式兩個區域），就是夠大夠幽雅。入園是要收門票的，我們去的那一天，除了我們這批外國遊客外，竟沒有碰到別的日本人。

日本國會大廈的英文是The National Diet Building，導遊小姐一再聲明這個Diet與節食無關，亦算懂得幽默。

金龍山寺奉祀的是觀音大士，是一座已有三百年歷史的古廟。廟前有一條上有遮蔭的街道，兩旁通通是商店，所出售的商品從衣服、百貨、紀念品到食物，應有盡有，價錢也比較便宜。有點像我們臺北的龍山寺，但卻比較寬敞而清潔。

最後是在三越百貨公司的六樓上參觀日本古代新娘裝表演。演出的模特兒戴著硬硬的假髮和假睫毛，塗著厚厚的白粉，穿著花花綠綠、金碧輝煌的「和服」，活像一具東洋木偶，對我而言，實在沒有什麼可看的。但是同行的洋人們卻大感興趣，猛拍照片。我想：這就是東西觀點不同之處。

在東京兩日，除了參加了上述兩次遊覽外，我們還逛了「高島屋」和「三越百貨公司」。這兩家公司規模極大，每次一進了門，就找不到出口。貨色多而且品質美是事實，但是價錢都貴得嚇人。尤其是像我們這種從臺灣去而又懂得行情的人，比一比臺灣的價錢，就幾乎樣樣都買不下手。這次出來旅行，走了兩個國家，曉得臺灣物價的便宜。於是，我打定主意：必須是在臺灣買不到的，或者是比臺灣便宜的才買。話雖如此，結果我買回去的東西還是沒有一樣稱得上便宜的。事實上，在臺灣什麼好東西都可以買得到，而且價格比任何地方都低，我們又何必羨慕舶來品？

逛完兩家公司，我發現日人頗懂藝術。這兩家公司每層樓都播放著悠揚的古典音樂，過道、食堂等處都裝飾著名畫，氣氛顯得很高雅。店員都很有禮貌，不論顧客是否買了東西，她們都一律和顏悅色，絕無煩厭的表示。可惜的是，不論男女店員，十個之中有九個半不懂英語，有些甚至連價錢都說不上來。好在這些公司都明碼標價，大家比手劃腳一番，必要時用筆寫一兩個漢字，也就彼此明白了。

大阪・京都・奈良

從東京搭乘日航班機抵達大阪後，由於大阪旅館太難找，駐大阪的我國總領事館事先已為我們找妥了房間。那是在一條巷子中的日式旅館。木板房，四個人一間，公共浴室，公共廁所，供應和式早餐一頓，房租是每人每天日幣一千六百元。這個價錢，跟觀光旅館比較起來，實在並不便宜。由於這次萬國博覽會，我相信所有在大阪做生意的人（尤其是旅館業和飲食業），一定都發了一筆大財。

在大阪，我們預算有兩天半的逗留，於是，我們計畫以半天的時間去遊京都，半天遊奈良，一天參觀萬國博覽會，剩下的半天則用來逛公司，買東西。

京都是日本的舊都，四面環山，市內到處都是勝蹟和古廟，但是也不乏現代建築。街道清潔，車輛稀少真是一個住家的好去處。

在這裡，我們也加入了一個遊覽團，遊覽的目的地是清水寺、金閣寺、三十三間堂和平桑安神宮。日本的廟宇與我們的大同小異，在我們眼中，並沒有太大的新奇感。不過，扶桑三島的確是風光明媚，而日人既肯用心去整頓，又懂得招徠之術，這就難怪西方的觀光客都以此間為旅遊樂園了。這次的遊覽，導遊小姐是用日語講解的，我們一句也「嘸宰羊」。還好有一本小冊子可資參考。

上午遊京都時，我已為京都市面的美麗與幽靜所驚，到了奈良，發覺它簡直就是一個大公園。處處都是樹木、池塘與草坪，而公共汽車又可以在真正的公園（奈良公園的面積幾乎佔了全市的一半）內行駛，真是個可愛的地方。在奈良，由於時間不多，我們只參觀了東大寺。東大寺已有一千多年歷史，極具古樸之美。寺的面積很大，所供奉的一尊大佛高六十餘英尺，全部用青銅鑄成，法相莊嚴，是一件偉大的藝術品。此次奈良之遊，令我最感興趣的是能夠親手給馴鹿餵食。奈良公園內到處都是訓鹿，是日本政府所養的。牠們在林間和草地上自由活動，不長生人。公園中有小販出售鹿食，每包三十日元，其實就是一種硬硬的日本式餅乾。我買了一包碰到一頭鹿即餵牠一塊。有時，三四頭鹿圍攏過來，便會發生爭奪現象，吃得快的，吃完了自己的，還要去搶另外一頭鹿嘴巴上的，十分有趣。這些鹿還會追著遊客討食物，我親眼看見有兩個幼小的孩子被嚇得哭了。

我看萬博會

從大阪市中心，搭乘地下鐵不到半小時，就可以到達新大阪的萬博會場，這個新大阪可能是為了萬博會而建設的新社區。鐵道兩旁，都是一列列連幢式的公寓，小小的，只能夠容納新婚的小家庭居住。這恐怕也是由於「人口颱風」的影響吧？

走出地下電車的車站，就是萬博會的入口，遠遠就可以看到一幢幢奇形怪狀，彩色繽紛的建築物。入場券每張八百日元，少年和兒童另有優待。會場極大，光是從入口處走到主題館，就已相當累人。所以，要參觀萬博會，第一，必須有相當的體力，否則便毫無樂趣。第二，要有充分的時間。時間富裕，就可以從容不迫地慢慢的逛，而不必趕得滿頭大汗，氣喘如牛。第三，要有足夠的金錢。這一點還得與時間相配合。有錢，也要有閒。不在乎金錢與時間的人，可以花半個月一個月的時間去慢慢欣賞。這一次，我們受了時間的限制，只能採取重點主義，只看了幾個大館，實在遺憾。

又有人認為，去逛萬博，只要看看那些稀奇古怪的建築便夠了。這句話其實似是而非。萬博會各館固然都是世界一流建築師的嘔心傑作；然而，館內的佈置設計以及陳列的內容，又何嘗不是科學與藝術的大結合，人類智慧最美麗的結晶？我以為：凡是對世界各國的歷史、地理、文物、科學和藝術有興趣的人，一定可以在這裡學到許多東西，得到許多啟示。而學建築的、設計的、理工的和藝術的學生，更是值得來此觀摩一番。這一次，日本政府一定已傾其全力動員全國各地的老百姓前來參觀萬博會。因為，從我們兩次在萬博會中親眼看到的，就有許許多多的團體結隊而來，其中包括有學生、公司員工，也有農民。此外，還有被家屬用輪椅推著進來的殘廢病人，帶著幼兒的年輕夫婦，步履維艱的老頭兒老太太，形形色色的人都有。日本人民何幸，得到這次免費教育的機會？

由於描寫萬博會中各館情形的文章已經很多，而且電視也有報導，我不想再在這方面浪費篇幅了。總之，我要一再強調萬博會值得看，而且值得一看再看，票價雖貴，仍是值得，因為，裡面的維持經費一定是龐大得驚人的。譬如說，各館都有冷氣，都有自動樓梯（這可以節省不少體力）。洗手間到處都有，而且都收拾得很清潔。至於場內的飲食攤，價錢也並不太貴。果汁一杯六元，最便宜的清湯麵只要五十日元，雖不好吃，也可以充饑。價錢貴的是各國館所附設的餐館，聽說法國館和捷克館的一份餐就要一千多日元，那真是夠豪華的。

萬博會場中除了各國館以外，還有遊樂場和各式的花園，白天看起來固然是花團錦簇，彩色繽紛。入夜以後，火樹銀花，華燈耀眼；噴泉飛珠濺玉，仙樂到處飄揚，更是蔚為奇景，不知置身人間抑或天上。

一些雜感

在日本逗留了五天半，所見所聞，也許只是浮面的，但是也給了我很深的印象。從我的觀察所得，我發現此間有四多。一是麻將館多；二是嬉皮少年多；三是婦女穿絲襪的多；四是車上閱讀的人多。無論在東京或大阪，大街小巷上都有很多寫著「麻雀」兩個字的招牌，一打聽，原來是麻將館，可見日本人對此道之愛好。街頭到處都是髮長及頸的青年，其中有學生，也有店員。當然，這些人不一定是嬉皮；但是日本時常鬧學潮和暴動，與這些「失落的一代」當不無關係。

我偶然發現，日本女人即使在盛夏中仍然個個穿著尼龍絲襪。不論年長的，年少的；城市摩登女性，鄉下歐巴桑；盛裝穿高跟鞋的，便裝穿著涼鞋的；一百人中起碼有九十五個穿著絲襪。我不明白這種風氣是為了時髦，為了美觀，還是為了禮貌？但願這股東瀛怪風不要吹到臺灣來。否則，在三十幾度的高溫下，家裡、辦公廳、公車和計程車都沒有冷氣設備，到處如蒸籠如烤箱，還要在腿上套上那密不通風的玩意兒，那可真要命！說到計程車，這使我想起日本的「太可惜」都有冷氣機，而且車子相當大，可容五個乘客。車身大都漆黑色，氣派浪大方。相形之下，我們這裡的計程車真是小家子氣。火車和地下鐵也都有冷氣，車廂內打掃得很清潔，沒有人隨地扔垃圾。我們每次乘坐火車或地下鐵，都看見很多年輕男女捧著書本在車上聚精會神的閱讀。以前就聽說日本人閱讀風氣盛，由此亦可覓一斑。還有順便一提的，這些車廂裡面雖也掛滿廣告（不是貼而是像旗子一樣從車頂倒掛下來），但由於廣告的大小一樣，紙質優良，而且廣告畫設計美觀，所以看來並不討厭，反而增加了熱鬧的氣氛。我說這些話絕非長他人志氣，而是認為值得我們參考反省。

由於在大阪時住的是小巷子中的旅館，所以我能夠觀察到一些微末細節。我注意到他們的垃圾車也是開放式的，跟我們一樣，家家在早晨的時候把塑膠垃圾桶放在門口，等垃圾車工人來收取。奇怪的是，我們住的那家旅館既是樓下，又沒有紗窗的設備，三四天以來，居然沒有發現過蒼蠅或蚊子，真是怪事！不知是不是由於下水道暢通的關係？

在東京和大阪都沒有看到摩托車。大小車子都不按喇叭，馬路上車雖多，卻沒有震耳欲聾的音響。日本是機車製造得最多的國家，結果他們自己不騎，卻全部外銷去了。大約我們臺灣便是他們最大的主顧了吧？

民國五十九年九月

臺北人看香港

「……香港是一個舊與新混合的地方。有時，你可以在同一塊田地上看到很強烈的矛盾的對比。一個農夫在使用著農耕機械；而在他的旁邊，另一個農夫卻是推著犁跟在耕牛的後面。……」

上面這一段話，是香港旅遊協會所出版的《東方旅遊週報》（Orient——七月七日～十三日）頭題「一個舊與新的混合」（A Combination of The Old and New）的開端，也是我最近因為要拜祭雙親的墳墓以及探視八年未晤的弟妹而到香港作了兩週的勾留，在走出九龍啟德機場，乘坐街車渡海前往香港的半山區時得到的印象。是的，香港是一個最新與最舊、最時髦與最落伍揉合交融，但是卻不會顯得不調和的一個國際都市。在這裡，有世界聞名，設備豪華的一流觀光旅館希爾頓大飯店（Hilton Hotel）；也有花五毛錢便可吃飽的街邊大牌檔。有七二年最新型的轎車；也有專供西方遊客乘坐的人力車。有穿著巴黎時裝的歐洲美女；也有頭上梳髻、穿著中式短衫褲的中年家庭主婦。這種種新舊對比的情形，使我覺得香港既像變了很多，也像絲毫未變。兩週以來，我逛遍了港島，東至柴灣，西至西營盤，高至扯旗山頂。而九龍那邊，除卻市區以外，新界各地也幾乎走遍。在我到過的地方裡，有些是新建或新成立的，也有三十多年前我兒時舊遊之地。所見所聞，不免感觸良深。作為一個在臺北往了二十三年的資深居民，又兼有新聞從業員身分的我，忍不住把每一件事物都與臺北作比較。現在，我把此行所得的一些粗淺印象分類記下，也算是「見賢思齊焉，見不賢則內自省也」以及「他山之石，可以攻錯」的意思。

交通狀況

由於臺北市交通的紊亂，所以，我在香港的期間，特別注意他們的交通狀況。一般而言，香港也有交通擁塞的情形（港人稱為「塞車」），但不如臺北之甚。香港由於地理環境關係，馬路狹窄。除了從灣仔到北角海旁的新填地有一條四線馬路以外，其餘全是雙線馬路。這實在是香港邁向現代化建設的一個致命傷。不過，香港的交通工具較我們簡單，除了私家汽車、的士（Taxi）、巴士、電車、以及一種載客十四人的小型巴士（港人稱為小巴）外，摩托車和腳踏車絕無僅有，貨卡也很少見（不知道是不是在市區內限制行駛時刻）。因此，馬路雖窄，交通問題尚不至十分嚴重；「塞車」也只發生在上下班時間內。

說到「小巴」，那是香港的一種新興交通工具，比國民車略大，可載十四個人，在市區內，每人收費五角（在上下班時間內有時要收一元），因為它的座位舒適，行駛較快，所以乘搭的人很多，是一種很理想的公共交通工具，可輔助公共汽車之不足，疏減搭客。這種「小巴」，只有司機一人，由於搭客少，上車收錢，並不費事。其路程遍及港九，遠至新界邊境，長程者則收費一元至一元半不等。聽說「小巴」的司機均被共匪勢力操縱，必須加入左派工會，否則無法營業。假使屬實，這真是香港政府的悲哀。

港九的巴士、香港的電車以及尖沙咀渡海小輪，都已於七月一日漲價。據我知道，香港電車巴士及輪渡的票價，二三十年來都是頭等二角，二等一角。這次調整以後，電車不分等級一律二角；巴士行駛平地的一律二角，行駛斜坡的一律三角輪渡頭等二角半，二等仍維持一角。由於這個數目相差頗為懸殊，本來香港的紳士淑女們渡海都不屑坐二等的現在，許多衣冠楚楚的中外人士都為了節省一毛五分而紛紛改坐二等，甘與販夫走卒為伍了。至於電車與巴士，自從不分等級以後，大家集中在涼爽通風的上層（原來的頭等），樓下簡直無人問津。

說到香港的電車與巴士，其外型與內部之簡陋與老舊，簡直令臺北人不屑一顧。車子還是二三十年前的老古董，座椅一律是硬板凳。我曾有兩次坐巴士前往新界旅行，一小時多的路程，直把我坐得全身骨頭酸痛。想起臺北市的公民營公車全都有軟墊座椅，不覺自豪起來。

他們的電車和巴士大都不設售票員。上車前必須準備零錢，因為司機不負責找錢。所以，香港人出門一定要帶一大把角子。這種辦法，說它方便，也有不方便之處。

不知何故，香港的「的士」起碼一元五角，九龍的卻只要一元。車子不如臺北之多，有時很難叫得到，而且必須給十分之一的小費。這又使我感到臺北的計程車是世界上最便宜的，較長程時我們還可以打八折哩！

港人現在擁有私家車的已不少。從街頭上汽車之擁「泊車處」（港人稱停車場為「泊車處」。「泊」字粵音與Park同）之經常「客」滿；中高級公寓均設有停車場等情形看來，即可證明。這正是一般大都市趨向現代化的象徵之一。臺北人不是也不乏有車階級嗎？

市容一瞥

香港雖然是國際都市，然而，由於面積太小，人口密度過高，它的市容並不比臺北美麗。最美麗的是它的夜景，尤其是從高處往下望。從山上到市區，一片燈海，光明璀璨，彩色繽紛，恍如繁星萬點，墜落人間。若用「彷彿像綴滿鑽石的一幅黑天鵝絨」來形容，已嫌太俗。半山區的景色在白天也是極其動人的。青翠的山腰上，一幢幢十數層的高級公寓星羅棋佈著，顏色或紅或白或黃，遠望有若人間仙境。至於山腳下的市區，實在不敢恭維。除卻中環鬧區還算整潔外，其餘的地方，也堪稱得上髒亂兩字。西環的電車總站，就在中央批發市場外面，又髒又臭又擠。統一碼頭和北角兩處的巴士總站，既無遮陽與檔雨的設備，地上又積滿汙黑的油跡，對乘客簡直有虐待之嫌。

即使作為香港的大門的啟德機場大廈，外形也十分簡陋，遠遠比不上我們的松山機場。倒是位於九龍尖沙咀的海運大廈，不論外觀與內容都相當豪華，因此也吸引了不少遊客。馬路上的紅綠燈柱都很低矮，車輛又模仿歐洲靠左走，我初到時很不習慣，老是看不到紅綠燈，不知道甚麼時候該過馬路。有些馬路，設有一種信號燈，行人要過馬路，只要按一下鈕車輛就會為你停下來。

滿街都是異國人，恍若人種展覽會，是香港的特色之一。街頭上，除了絕大多數的華人以外，金髮白膚的西洋人，纏頭褐膚的印度人，比比皆是。彼此擦肩而過，熟視無睹。港人大概都喜愛貓狗。無論商店與往宅幾乎戶戶有貓。而住宅區的滿街都是狗矢，更令我不耐。出門偶一不慎，即有「中彩」之虞。

粵人有上茶樓飲茶習慣，香港人更把這個習慣發揚而光大之。每天中午一時左右（香港所有寫字樓都是中午一時下班），各級茶樓，無不高朋滿座。若想邀約三五友人茶聚一番，若非事先訂座，臨時到達，必定向隅。事實上，茶樓中既有冷氣，座位又夠舒服，一盅兩件，所費無多。在此消磨中午的休息時間固佳，與親友小聚或談生意亦甚理想。這正是一般人趨之若鶩的理由，也是茶樓永遠不會衰落的道理。

在港期間，令我最愜意的一件事就是空氣遠較臺北潔淨。早晚洗臉，鼻孔絕無汙黑現象。起初，我以為是住在半山上，空氣自然清新。但是，我每天都下山到鬧區去，有時還渡海到九龍，還有兩次遠到新界去旅行；回家後頭髮臉孔都不會髒，絕不會像在臺北時出門一趟立即灰頭灰臉那樣。我想，這大概跟馬路柏油的完整與及不燒生煤有關。而閱讀港報，也沒有聽說有空氣汙染的現象。

香港蚊蠅極少，也是令我這個臺北人感到喜悅的現象之一。香港人都不用蚊帳，也沒有人裝紗窗。但是，我住在舍弟家中兩週，只有一夜被一隻蚊子咬醒，蒼蠅則未見到。在其他地方，也好像沒有碰到過。據說，香港居民如發現蚊蠅，都可以打電話給衛生機構前來噴藥。香港的環境衛生並不高明，但是對於撲滅蚊蠅，確已盡了全力。

婦女服裝

在一般人的心目中，香港是個半洋地區，女性的服裝一定十分時髦。其實，並不盡然。起碼，根據我個人的觀察，香港的婦女，打扮得並不見得比我們西門町的太太小姐們漂亮。她們跟我們一樣，少女少婦穿洋裝，中年婦女和老太太穿旗袍而比較保守或教育程度較低的婦女，又都喜歡穿中式短衫褲。

跟我們一樣，迷你裙和褲裝，是最流行的時裝。由於天氣熱，迷地裝和迷喜裝，穿著的人並不多只是在較正式的場合。所見的少女，大都活潑可愛，她們很少化妝，也很少戴著圓形的大眼鏡故作明星狀的。目前，最流行的服裝是上身一件圓領運動衫下身一條粗布西裝褲。這些運動衫大部印著一些頗為新潮的圖案和無聊的英文句，不過，穿著的人似乎都毫不在意。這些運動衫是男女不分的。我第一次到店裡去為我的兒子買這種運動衫時，曾經非常土的問店員這是男孩還是女孩穿的。那個中年的男店員用不屑的口吻回答我說：「而家呢的T恤邊道重分男女嘅睹？」（現在這些T shirt那裡還分男女的呢？）以後，我就不敢再問了。後來，在一家商店的櫥窗內看到了標明「unisex」（單性的，意即不分性別）的「T恤」，才知道自己之孤陋寡聞。

香港婦女今年的旗袍流行方領角和在肩上開襟。其實，這樣的款式也並不算新穎，多年前也已流行過。只是，旗袍的花樣變化不多，只好「二十年風水輪流轉」了。

在成衣店及地攤上有一種很便宜的便裝，我頗為欣賞。那是用花布做成的一種衫連褲女裝。上身無領無袖，下身是一條裙褲，前面開拉鍊。少女穿著去郊遊，中年婦女在家裡穿著或當作睡衣，都極為涼爽、舒適，而不會令人感到太過暴露。

香港的婦女們有一個特點，上街都不肯打傘。在市區如此，到郊外去也如此。奇怪的是，她們個個肌膚細白，彷彿從來不曬太陽似的。而我這個臺北來客，儘管不怕被人譏為土包子，每天出門，必定打傘。還是面如「土」色。

我注意到香港學生的制服都很好看。大多數是女生白衣白裙，男生白衣白褲；女校學生也有穿白旗袍的。總之他們的制服都設計得比較青春活潑，不像我們這邊又藍又黑的，暮氣沉沉。

街頭長髮青年比比皆是。無論是金髮的或黑髮的，背後望去，往往雌雄莫辨。美式嬉痞亦隨處可見。香港是個國際都市，品流複雜，居民對此，已經見怪不怪了。

物價比較

過去，香港由於人工便宜、物價低廉，故有「購物者的天堂」之美稱。然而，這幾年來，由於人口激增，供不應求，一般物價均已上漲，衣食住行各方面，都比不上臺灣的價廉物美；所以，我覺得：「購物者的天堂」這個美譽，似乎應該移交給臺灣。

由於地理環境的限制，寸金尺土，香港人一向最頭痛的是住的問題。戰前，那些低收入的工人階級，在人家的甬道上租一個床位，擺上一張雙層床，便算是一個家。如今，過了二三十年，情形仍未見改善，子女眾多的中上人家，因為房間不夠分配，男孩子在晚上必須在客廳打地鋪的，一點也不稀奇。

香港的房屋面積，以呎計算。若有人搬了新居，親友見面必定問：「你的屋子是幾呎乘幾呎？」房租之貴，令人咋舌。一間中等住宅八呎乘十呎的斗室，就可以三百元的月租分租給單身的人。若想在高級住宅區租一層公寓則更非四五千元莫辦。還好，香港政府建有各種廉價屋租給居民，經過申請而合乎條件的，都可以往進這種面積雖小但設備還算齊全的房屋。租金自四十餘元至數百元不等，視面積大小及地區而有所不同，勉可解決了部分房屋荒的問題。

米價及蔬菜價太貴，也構成了香港居民生活上的一大威脅。香港目前的米價每廳在一元一角左右，青菜每斤自七角至一元六角不等，不能說不貴了。其他日用品也大部比臺灣略貴，只有豬肉和牛肉比較便宜。豬肉的上肉每斤五元二角，牛肉六元二角。雞的價錢也和牛肉差不多。

香港有一樣比臺灣便宜了很多的東西，那就是電話的裝置費。在香港申請裝置一部電話，只要花二百元即可。所以，家家戶戶都有電話，電話是現代人生活上所不可缺少的，電話愈多，愈顯示出都市的進步。

電視節目

因為電視與現代人的生活已發生了密切的關係，所以，我對香港的電視節目，也作了一番觀察。

香港現有無線電視臺兩座——明珠臺、翡翠臺及有線電視臺——麗的呼聲——一座。明珠臺是以英語發音，翡翠臺則以粵語發音。麗的呼聲也分中文與英文兩部分。

在香港看電視，最使我不慣的是所有的影集完全用粵語配音（英文臺除外）。雖然這是我的家鄉話，而他們的錄音技巧也相當夠水準。然而，眼看著金髮碧眼的西洋人而口操粵語總是感到格格不入。因此，雖則香港現在也在播《聯邦調查局》和《虎膽妙算》等精彩影集，我也感到興趣缺缺。

香港電視的另一個特殊現象就是日本影集特別多（也是用粵語發音）。而且，這些影集的內容多數是神怪和武打。實在使人不敢領教。這個現象，據說是因為日本影集比較便宜的關係。

至於一般現場節目，也和我們的大同小異，無非是猜謎、做遊戲和唱唱跳跳。不過，香港有一間水準很高的芭蕾舞學校，這學校的學生幾乎每天晚上都在電視上提出。這一項崇高的藝術表演，自與普通的舞蹈不同。

臺灣的歌星影星在香港似乎頗受歡迎。螢光幕上每出現一張歌唱者的面孔，我的家人即津津樂道這是誰人，唯有我這個從來不聽流行歌的臺灣客卻茫然不曉，而被家人取笑為孤陋寡聞。

股市狂熱

最近一兩年來香港人掀起了一陣購買股票的熱潮。奇怪的是，最熱衷於這種投機生意的不是經濟專家和商場老手，而是一些平日深居簡出、連加減乘除都搞不清的家庭主婦，以及那些大字不識一個的女傭之流。他們既缺乏經濟頭腦，也沒有股票知識，然而卻樂此不疲。而且，在略嘗甜頭之後，即呼朋引類，結伴參加。所以，一些熱門股票，愈炒愈高，很多人在轉手之間即獲暴利。不但買主眉開眼笑，也附帶的樂了那些股票經紀人。

我的一位親戚，原來也是一個頭腦簡單，只懂得在家裡相夫教子的家庭主婦。不知何時開始，也迷上了股票的買賣。自從略有斬獲之後，她的興頭更大了。天天跑股票行，忙得不亦樂乎。在家的時候，則電話源源不絕，全都是親友之間關於股票行情的消息傳遞。據說，她現在每月可獲利一千多元乃至數千元。這樣的收入，已較一般受薪階級強了很多。又怎怪港人對股票趨之若鶩呢？

從前香港人迷賭馬，後來，興趣又轉移到澳門的賭狗。如今，更有人把股票的買賣也比喻為一種賭博的行為。的確，股市行情瞬息萬變，暴起暴落，我相信，買賣股票的人也是懷著僥倖的心理去從事的吧？

居民變得有禮

在我的印象與記憶中，香港人既沒有人情味，也不講究禮貌，而店員的態度尤其惡劣。但是，我這次到香港，卻是很吃驚的發現香港人居然變得彬彬有禮。大家開口閉口不離「唔該」（即「謝謝」之意），甚至告訴「的士」司機地址也要這樣說：「唔該你開到××道。」禮貌之周到，令人詫異。

一般而言，店員的態度也很和氣，極少從前那種狗眼看人低的惡劣態度。聽當地的居民說，現在的警察態度也變好了，以前的作威作福洋奴作風已不復見。

我童年初到香港時，看到華籍警察欺侮本國人的惡形惡狀曾經恨得義憤填膺，因此對香港全無好感。後來，多次的進出，看到當地海關人員檢查行李時的窮兇極惡亦感寓分痛恨。這次，我一下飛機，檢查護照與黃皮書的竟是一位嬌小玲瓏，年輕得有如高中學生的小姐。她態度和藹，最後還說了一句「歡迎你到香港」，聲調雖不太熱烈，也足以令旅客感到溫暖。

由此我想到，這個世界到底是進步了，大家都漸漸懂得講禮貌。這真是一個好現象。

新界巡禮

香港是個蕞爾小島，但是，它卻有著比它本身大上十倍以上的九龍、新界和一些離島（全部面積為四百方英里，香港市區大約只有二十分之一）。新界，往昔只是農村，如今，九龍近郊的一些鄉鎮如荃灣、元朗、上水、粉嶺、大埔、沙田等，已是高樓櫛比，十分繁榮，變成了香港的衛星城市。

在九龍的佐頓道碼頭，有許多線的巴士開往新界。從總站開到新界邊境，大約要二小時的車程。我留港期間，曾到過新界兩次，一次是到元朗附近的鄉村南生圍遊玩；一次則遊青山、上水和粉嶺三地。因此，對新界各地的情形，也略略有點認識。

由於交通的發達和教育的普及，新界的農村也像臺灣的農村一樣，一般的生活水準已提高了許多，真正的「鄉下人」已不多見。元朗有一條寬濶的縱貫馬路，市況頗為熱鬧。茶樓有好幾家，每到中午，食客如雲，後來者很難找得到空位。最令我驚訝的是，居然還有一間佈置得極為新潮派的服裝店，出售的都是最時髦的女裝。可見，村女蛾眉在趨時方面亦不後人，否則，這家服裝店豈不要關門大吉？

南生圍是香港電影公司常來拍攝外景的地方。池塘處處，頗有江南水鄉的風味。其中有一條筆直而長的黃泥路，兩旁白楊參天，一望無垠，景色相當壯麗。大約就是時下那些武打片中俠士策馬而來的斜陽古道了。

那附近鄉村的房屋和街道仍保存著古風；可是，從村民大開著的大門望進去，大半人家都有電鍋和電視機，可見他們的生活相當富庶。

治安問題

這兩三年來，香港的治安情形，其惡名似乎已是世界馳名，幾乎可與華盛頓和紐約媲美。事實上，香港治安之壞，自從第二次世界大戰即已開始。理由無他，地狹人稠，謀生不易，加以遭逢世亂，一些好食懶做的市井之徒，便趁火打劫而已。記得二次大戰前夕，香港市面便已一片紊亂。搶皮包、搶食物、搶手錶等案件，日必多起。就以我個人的經驗而言，便曾被搶手錶一隻及麵包一袋。

香港的人家，一向便因為家家裝有鐵門而被世人譏笑。此次我舊地重遊，發現香港人的門禁更加森嚴了。除了鐵門外，木門本身也有兩三重鎖。這道木門是不輕開啟的，除非在門上那個像魔眼一樣的透視鏡中驗明瞭來人的正身。有些公寓人家在自己的大門外裝了鐵門尚不夠，還要跟在同一甬道上出入的鄰居共裝一道公用鐵門，作為第一道防線。因此，他們的出入都極不方便，萬一忘記了一把鑰匙，便有「無家可歸」之嘆。同時，他們這樣門禁森嚴，把自己當作囚徒辦理，我懷疑一旦發生急事須要逃生時，又怎來得及？

劫案幾無日無之，這是事實。在我旅港的兩週內，每天打開報紙，必會看到好幾則搶劫的新聞。據說，歹徒尤其喜歡在電梯內做案。，因此，我每逢有應酬須要獨自夜歸時，必不敢多帶錢（但是帶得太少又會挨揍）。下了「的士」，走上公寓的停車場和電梯時，總是提心吊膽。可是舍弟因工作關係，每夜必近午夜才回家，他卻一點也不害怕。

徙置區概況

七月廿三日出版的《亞洲雜誌》，曾經以八頁的篇幅來報導香港徙置區的真實情形。在外國記者的眼中，這些徙置區的一切設備，距離標準尚遠。可是，在生活水準較低的中國人看來，已是差強人意。我相信，在那些剛剛脫離虎口的難民眼中，也許已算是天堂。

記得我八年前到香港時，北角和柴灣等地的山上，搭滿了一間間破破爛爛的小木屋，那都是大陸逃港難民的臨時棲身之所。這次，我發現山上的破木屋不見了，代替了的卻是郊區一幢幢的徙置大廈。這些徙置大廈，早期所建的，外形很像臺北的南機場公寓。新建的卻都是十二層的大廈。內面的設備我沒有機會看到，外貌都相當美觀。這些徙置大廈，以九龍的郊區最多，其中以黃大仙、荃灣、觀塘等地最多。不幸，在六月中旬那場豪雨中，觀塘也發生了一次山崩的慘劇，使得數以千計的難民，又面臨無家可歸的厄運。

徙置區的房租極便宜，每個房間（自一百多平方至二百多平方呎不等）的租金約自美金二元至十元左右。靠著這一幢幢的廉租大廈，總算使得成千成萬的難民得以在自由世界安身立命。

戰後這些年來，香港政府除了移山填海，「製造」了不少土地，以及完成了一項相當偉大的工程——海底隧道外，興建了這些大批的徙置大廈，也可說是一項值得稱道的成就。

愛國的僑胞

在港期間，最令我感動的一件事就是，聽到了一位僑胞的一段話。這位僑胞是一位中年女性，她告訴我：有一次她在整理一個舊書箱時，忽然發現了一本已經很陳舊的音樂課本，那是多年前她上中學時的教科書，不知怎的，竟然跟著她歷盡千山萬水而沒有丟棄。使她喜出望外的是，這本音樂教科書裡的第一頁便印著中華民國的國歌。自從離開學校以後，她從來不曾唱過國歌，在香港的二十多年來，更沒有機會聽到。她想：她也許不會唱了，歌詞也記不得了。於是，她把這頁國歌剪了下來，用鏡框鑲起來掛在牆上。對著它，她慢慢地試唱了兩遍，覺得還沒有完全忘記。她高興得不得了，不但自己天天唱，還教她的小孩子唱。不過，她又說：她不知道自己唱得正確不正確，她最希望的是，能夠聽到一次雄偉的國歌大合唱。

這使我有了很大的感觸。不太久以前，我在臺北的電影院看電影，在放映國歌短片時，我忽然覺得很奇怪：這次的國歌何以特別好聽呢？（我不常上電影院）細聽一下，原來這份國歌短片是新的拷貝，不但鏡頭更加美麗，歌聲也錄的是四部合唱。我們的國歌本來已經相當悅耳，改為四部合唱之後，就更加雄渾優美。我不知道這部短片有沒有運到海外去放映。我相信，在海外無數僑胞中，一定有很多人像上述那位女僑胞一樣渴望聽到國歌的，那豈不大受歡迎也大收宣傳之效嗎？

僑胞們都是心向祖國的。在香港，我遇到每一位親友，都邀他到臺灣來觀光。他們的回答，也全都表示很想回國一行；但是，他們全都擔心入境手續太麻煩。聽說，有些人向服務機構申請到假期，準備到臺灣來旅行；可是，往往等到假期已過，臺灣方面的入境證還沒有下來。這樣，未免就使得他們洩了氣，不敢輕易嘗試。我不清楚這是不是千真萬確的事，不過，很多人都這樣說，似乎也不是空穴來風。

爭取僑胞，是我們的國策之一。今後，假使在出入境手續方面能夠加以簡化，不但有助於觀光事業之拓展，海外僑胞，也一定翕然景從。

民國六十一年七月

春遊抒感

去年春節，曾經和幾位文友一起參加旅行社所舉辦的日月潭及溪頭之旅，頗感愉快。所以，今年，我和好友文又再度相偕作二日春遊。這一次，我們還是去找同一家旅行社，不過，地點卻是廬山溫泉和合歡山。

這次旅遊，訂明初三早上七時半出發，遊客必須於七時十分到社集合。我進時到，但遊覽車卻磨菇到八時才出發。不守時，是這次旅行給予我的第一個不良印象。

大概是由於國民收入增高，大家對旅遊漸漸發生興趣之故，凡是舉辦旅行團的，報名參加的人都十分踴躍；尤其是遇到節日和假期，後至者便有向隅之嘆。我們報名得晚了一點，只買到了中間的座位。這一部不是豪華遊覽車，除了兩排是沙發座以外，中間的座位大概只墊了一點點棉花，坐久了便有硬梆梆的感覺，而且座位又狹窄，雙腿無法伸直，在兩日的行程中簡直受盡苦頭，這是後話。

這兩天的行程，據旅行社所發的一份日程表是這樣訂定的：第一日，臺北—豐原—埔里—

霧社—廬山。第二日，廬山—霧社—昆陽—埔里—新竹—臺北。

第一天，簡直可以說是整天坐在車上，除了在豐原吃了一頓飯（這一頓飯還差強人意，以後的就每下愈況），在省議會休息了十五分鐘以外，其餘中興新村和霧社都是坐在車上走馬看花。雖然如此，趕到廬山，已是靠近七點，比預定的時間晚了一個多鐘哩，這就是開始時不守時的結果。

這時，天已入黑。隨車服務小姐通知大家下車後走過吊橋，就可到達旅社。天啊！有生以來，還沒走過這樣可怕的橋哪！又長又狹；雖在黑夜中仍可看到橋板已經朽腐；兩旁的鐵絲欄杆也是已經生銹；橋下卻是萬丈深谷。最可怕的是，岸上豎立著一塊木板，寫著「每次只限四人通行，以免發生危險」的字樣。當我們一行四人戰戰兢兢、心驚膽顫，一手緊緊握著欄杆，緩緩地一步步走過去時，對面卻有十來個年輕人蹦蹦跳跳地向我們這邊跑過來，把吊橋震盪得搖搖欲墜，真是把我們一身冷汗，發誓以後也不敢再來了。

進了旅館，由於領隊辦事不力，事前沒有分配好，五十幾名旅客，立刻展開一場房間爭奪戰。這是一幢頗為簡陋的日式旅館，房間不多，加以遊客大批湧至，頓時擁擠不堪。在大家你爭我奪之下，我和文被分配到一間十疊的房間裡，和其他八個同車女客，一人一條硬硬的棉被，一個硬硬的小枕頭，就這樣渡過山間的一夜。

廬山的溫泉是有名的，既來之，豈可錯過？因此，雖然浴室大擺長龍，我也附於龍尾，洗了一個溫泉浴。只可惜燈光昏暗，看不清泉的外貌；而時間又匆促，也未能領略悠閒地泡在池裡的樂趣。

這一夜睡不好是意中事。棉被太厚太硬，沒有墊被，榻榻米又太冷。走廊上人來人往，薄薄的地板被震動得猶如擂鼓，真是受罪！

第二天五時起床，喝稀飯一碗，即登車出發。我們來時是黑夜，去時天尚未破曉；所以自始至終，還是「不識廬山真面目」。迢迢千里而來，只洗了十分鐘的澡，亦異事也。

今天，我們的目的地是合歡山，仍經霧社。此時，天色漸明，車子迂迴行於山路上。山上清氣撲人。令人至為愉快。遠遠可以看到白雲環繞在另外一座山的山腰上，那麼我們便是在白雲之上了。

漸行漸見路旁櫻花處處，甜香沁人。我覺得櫻花並不可愛，尤其是白色的，白得既不純，而又往往有花無葉，遠看有點像滿樹破棉絮，髒兮兮的。紅色的還差強人意，開得繁密時，一樹穠豔，可為青山增色。今天在霧社停留了十五分鐘，我發覺霧社是個很美麗的地方，除了櫻花以外，到處都是花。山間還有不少新式建築物，遠遠望去，真像童話中的世界。最令我神往的是山谷下的碧湖，湖雖小而澄碧如琉璃，四面青山環繞，紅塵不到，恍若世外桃源、人間仙境。這裡也是一個觀光區，但是遊人不多，而我們的遊覽車也是過「門」不入，只能望望然去之，誠為憾事。

此時，車子已漸入深山中，但見峰迴路轉，盤旋而上，導遊小姐相告，我們現在已身在海拔二千多公尺之高山上了。八時半，車抵翠峰。這是一處泥濘的停車場，也是進入合歡山的交通管制站。我們這個旅行團頗有行騙的嫌疑，本來行程上註明昆陽才是終站的，現在卻在這裡停車，聽說還要一個鐘頭的車程才到合歡山的山頂。下得車來寒氣侵人，大家紛紛加衣。幾部專做登山生意的計程車，這時奇貨可居，獅子大開口，索價每人一百，來回兩百。雖然價錢這樣貴，大家還搶著僱。我們動作慢了一點，便被他人捷足先登，等了半個鐘頭，才跟其他的遊客「搶」到一部。合計這部計程車共載七個大人，兩個小孩。，由於有警察在場監視有無超載，司機便叫那對抱小孩的夫婦先行通過管制站才上車。大小九人如同疊沙丁似的擠在小小車廂內，既不舒服，又怕危險，雖經我抗議，亦復無效。試想：司機跑一趟便有六百元收入，要是一天跑個七八趟，豈不比一般薪水階級一個月的收入還要多嗎？

這時，上山的路又比剛才的更為驚險，路面僅容一車邁行，彎彎曲曲，崎嶇難行。遇到迎面有車子開來，便得退至路面略寬之處讓路。下面便是萬丈深谷，若多退一寸的空間，全車便有墜入山谷粉身碎骨之虞。加以昨天出發前閱報知道一部遊覽車在橫貫公路出了大車禍，就更加捏一把冷汗。計程車像老牛破車似地走了一個小時，才到達昆陽（遊覽車原來應該開到這裡的，我們二百元的計程車資是冤枉了），現在，氣溫更低，已可看到路旁的山壁上倒掛著一根根細小透明的水柱。

走出計程車，才發覺自己的雙腿已被擠壓得發麻。山路的積雪有些溶化了，和著路上的泥濘，到處滑溜溜的，頗有寸步難移之感。不過，既然一心來賞雪，又怎可錯過機會？我們就這樣一步高一步低地慢慢前進。路上的雪並不多，山壁上卻都結了一層水，有幾處的水塊居然有一扇門那麼大，像是一面巨大的水晶鏡。這時天氣並不覺冷，在感覺上就像臺北的十度左右。我們大約走了十幾分鐘，一想到遊覽車說明十一時開車的，就趕緊往回走。此時，大家都感到心跳氣促，呼吸困難，原來是因為高山空氣稀薄之故。現在，我們已置身在三千二百多公尺的高處呀！回去找計程車比來時更困難，我真害怕會被困在山上。還好有一部送客上來的，我們趕快截住又是一人一百元的送回翠峰。總計在山上停留了還不到半個鐘頭。

回到遊覽車上，打開早上分發的一個飯盒，裡面是一條小魚，一個滷蛋、一小塊豬排、兩片黃蘿蔔、一小撮醬菜；飯早就涼了。在食之無味，棄之可惜的情況下，我們只好捧住飯盒到路旁一家簡陋的村店裡，每人叫一碗鷄湯（這是唯一供應的食品，三小塊鷄肉、兩朵香菇淡而無味，索價二十元，不可謂不貴）湊合著吃了幾口。出發前，旅行社聲明供應膳宿，結果除了在豐原那頓午飯還可口以外，昨晚的是最簡陋的家常便飯；今天竟然發給一盒粗劣的午餐盒；而昨晚睡的又是水冷的榻榻米。其算盤實在太精了。

午後就踏上歸途。離開銀色世界的合歡山，走向青山翠谷，又走回萬丈紅塵中。由於每一站休息時都得等人的關係，原定五時回到臺北的居然延到九時才到達。把我們坐得腰痠背痛不用說，還害得家人提心吊膽。據家人說，在八時許曾打電話到旅行社探詢消息，他們竟說車已經到達，其不負責任竟到如此程度。其實，假如不幸而出了車禍，旅行社亦查不出我們的名字。他們並沒有要求我們登記姓名地址，票子上只寫著文的姓。這也是不負責任的行為之一。

這次旅行，除了吃住不好，以及車子的座位太硬外，其他還算差強人意。而且平安歸來，毫無損失，也就應該引以自慰了。不過，經過參加了幾次這種旅行團之後，我有幾種感想，尤如骨梗在喉，不吐不快；特書於後，以供遊客和旅遊業參考。

參加旅行團，和幾十個陌生人同遊一日或數日，我以為每個人都應該自重自愛，而不可妨礙他人。旅行團本來規定不能攜帶兒童的，可是一般人偏偏喜歡全家大小出動。兩個小孩佔一個座位，若不幸而坐在他們旁邊，那麼你就休想有片刻安寧。還有些人以為出門旅行就要大吃大喝，一上了車就食物不離口，把車廂弄得一塌糊塗（丟到車外把公路當作垃圾箱也不應該），這是十分有失風度的。又有些人沒有時間觀念，明明規定幾點開車的，他們卻喜歡大而化之，滿不在乎地姍姍來遲，累得全車的人久等。這會給予別人以多麼不良的印象！

導遊小姐沿途唱流行歌娛客這個陋習，不知是誰作俑，實在令人受了了。唱得好也不見得受歡迎；若唱得不好，聲如鴨叫，那就更叫人倒盡胃口。最討厭的是導遊小姐要求乘客「合作」點名叫人唱歌。出門旅行又不是開同樂會，有幾個人有興趣在一群不相識的人面前唱歌呢?所以,導遊小姐拿著麥克風點名叫唱,只會令人神經緊張而已。若怕遊客耳根太清靜或者無聊,放點輕柔的音樂就行。

最後一點是沿途的廁所問題,這真是最令人傷腦筋的一回事。根據多次旅行的經驗,遊覽車每隔兩小時必會休息一次,給乘客方便。有時停在公路旁的公廁旁;有時停在一些供應廁所的土產商店旁;有時停在有廁所的觀光所在前。這些廁所全是沒有沖水設備的舊式蹲廁,而又乏人打掃;不但臭氣薰天,地上更是又濕又髒,無法立足。每次旅行,我除了盡量少喝水以外;回到家裡必把全身衣服連同鞋子,洗刷一番。旅行原是樂事,要忍受髒廁所則是苦事;在二十世紀七十年代的今日還有這種現象,寧非怪事?

此次,有一個例外。車到苗栗,公路旁有兩三間新建的商店,裡裡外外都非常整潔。店旁有幾間西式抽水廁所,收拾得乾乾淨淨,外面還有一排供人洗的水龍頭。我覺得這真是嘉惠旅人的一件好事,即使收費,大家也都心甘情願的。為了招徠更多的觀光客,為了給予外國遊客以好印象(證明我們是講究衛生的國家),我以為觀光局不妨在每個城鎮鄉的公路旁都建造一座觀光廁所,派人管理,酌收費用。此舉有關國家體面,又豈止行旅稱便而已。

民國六十三年二月

畢璞全集‧散文06　PG1272

心靈漫步

作　　者	畢　璞
責任編輯	陳佳怡
圖文排版	周妤靜
封面設計	楊廣榕

出版策劃	釀出版
製作發行	秀威資訊科技股份有限公司 114 台北市內湖區瑞光路76巷65號1樓 電話：+886-2-2796-3638　傳真：+886-2-2796-1377 服務信箱：service@showwe.com.tw http://www.showwe.com.tw
郵政劃撥	19563868　戶名：秀威資訊科技股份有限公司
展售門市	國家書店【松江門市】 104 台北市中山區松江路209號1樓 電話：+886-2-2518-0207　傳真：+886-2-2518-0778
網路訂購	秀威網路書店：http://www.bodbooks.com.tw 國家網路書店：http://www.govbooks.com.tw
法律顧問	毛國樑　律師
總 經 銷	聯合發行股份有限公司 231新北市新店區寶橋路235巷6弄6號4F 電話：+886-2-2917-8022　傳真：+886-2-2915-6275

出版日期	2015年2月　BOD一版
定　　價	260元

Printed in Taiwan

國家圖書館出版品預行編目

心靈漫步 / 畢璞著. -- 一版. -- 臺北市 : 釀出版,
2015.02
面； 公分. -- (畢璞全集. 散文 ; 6)
BOD版
ISBN 978-986-5696-75-7 (平裝)

855 103028005

讀者回函卡

感謝您購買本書，為提升服務品質，請填妥以下資料，將讀者回函卡直接寄回或傳真本公司，收到您的寶貴意見後，我們會收藏記錄及檢討，謝謝！如您需要了解本公司最新出版書目、購書優惠或企劃活動，歡迎您上網查詢或下載相關資料：http:// www.showwe.com.tw

您購買的書名：________________________________

出生日期：________年________月________日

學歷：□高中（含）以下　□大專　□研究所（含）以上

職業：□製造業　□金融業　□資訊業　□軍警　□傳播業　□自由業

□服務業　□公務員　□教職　□學生　□家管　□其它_____

購書地點：□網路書店　□實體書店　□書展　□郵購　□贈閱　□其他

您從何得知本書的消息？

□網路書店　□實體書店　□網路搜尋　□電子報　□書訊　□雜誌

□傳播媒體　□親友推薦　□網站推薦　□部落格　□其他__________

您對本書的評價：（請填代號　1.非常滿意　2.滿意　3.尚可　4.再改進）

封面設計____　版面編排____　內容____　文／譯筆____　價格____

讀完書後您覺得：

□很有收穫　□有收穫　□收穫不多　□沒收穫

對我們的建議：________________________________

____

____

____

請貼
郵票

11466
台北市内湖區瑞光路 76 巷 65 號 1 樓
秀威資訊科技股份有限公司 收
BOD 數位出版事業部

（請沿線對折寄回，謝謝！）

姓　名：＿＿＿＿＿＿＿　年齡：＿＿＿＿　性別：□女　□男

郵遞區號：□□□□□

地　址：＿＿＿＿＿＿＿＿＿＿＿＿＿＿＿

聯絡電話：(日)＿＿＿＿＿＿＿＿　(夜)＿＿＿＿＿＿＿＿

E-mail：＿＿＿＿＿＿＿＿＿＿＿＿＿＿＿